辺境の薬師、都でSランク冒険者となる
Henkyo no kusushi,
miyako de Srank boukensha tonaru
～英雄村の少年がチート薬で無自覚無双～

「残りの素材全部で……
【調剤：完全回復薬《エリクサー》】」
僕の手の中にある素材、そして空中の水分、
周りの薬草などを使って作る。
調剤スキルによって作るのは、
あらゆる怪我も病気も治してしまう
万能薬、完全回復薬《エリクサー》。
それを分裂させ、雨のように降らせると……。
プリシラ
大貴族のお嬢様。
魔物に襲われていたところを
リーフに助けられる。
リーフ
辺境の村の薬師。
婚約者に裏切られ、
家も仕事も失う。
薬師としての実力は規格外。

「おれ死んだはずじゃ……」

「手が！　かみちぎられた手が治ってる⁉」

「す、すごいです……！」

リリス
プリシラの護衛の女剣士。

責任感が強く厳格な性格。

プリシラへの忠義は厚い。

「みずぅー……頭痛いぃー……」
マーキュリー
王都でお店「彗星工房」を
経営している魔女。
とある縁でお店に
リーフを住まわせている。

辺境の薬師、都でSランク冒険者となる

Henkyo no kusushi,
miyako de Srank boukensha tonaru

～英雄村の少年がチート薬で無自覚無双～

1

茨木野 ill. kakao

目次

第一章 「薬師、運命の出会い」 007
第二章 「薬師、田舎を出る」 030
第三章 「薬師、王都で無自覚に無双する」 095
第四章 「薬師、実力を遺憾なく発揮する」 167
エピローグ 251

イラスト／kakao
デザイン／coil（世古口敦志&丸山えりさ）

第一章　「薬師《くすし》、運命の出会い」

「ちょっと、リーフ。どこにいるの、リーフ！」

ある日の朝、僕は作業場にて薬を調合していると、婚約者のドクオーナが背後から声をかけてきた。

彼女は小柄で、胸が平らなことをコンプレックスにしてる。

「あたしのご飯がまだ用意できてないようだけど⁉」

「できてるって……キレないでよ、そんなことで……」

「なに⁉　口答えする気⁉　リーフ、あんた誰の家に厄介になってるのかわかってるの⁉」

ドクオーナは僕に近づいて、腰を蹴飛ばしてくる。

倒れ伏し、近くに置いてあった泥付きの薬草に顔からつっこむ。

「ここはね、あんたの薬師《くすし》の師匠、アスクレピオスの工房で、あたしはその孫娘！　誰が偉いのか言ってごらん⁉　えぇ⁉」

「……別に、偉いとかそういうのないでしょ……」

「うるさい！　おじいちゃんが死んで、この工房はあたしのもの！　あたしの家に住まわせてやってるんだから、もうちょっと申し訳なさそうにしなさいよ！」

……まあ、確かにそうなのだ。

僕……リーフ・ケミスト、一六歳。

元々孤児だったのだが、ドクオーナの祖父、アスクレピオス師匠に拾われた。

その後、僕は師匠の家に住まわせてもらいながら、彼に師事した。

晩年にはアスクレピオス師匠から、この薬屋と、そして孫であるドクオーナのことを頼むと言われた。

僕は師匠への恩を返すべく、こうして薬屋で薬師《くすし》として働きながら、ドクオーナの面倒を見ているのだが……。

「いいからさっさとご飯用意しなさいよ！」

「自分で温めなよ。魔道具《マジックアイテム》を使ってさ」

「魔道具って使えないのよ！　そんなこともわからないの、このグズ！　さっさと顔洗って来なさいよね！　汚くて薬草臭いんだから！」

ドクオーナはそう言うと、作業場から出て行ってしまう。

知らず、ため息が漏れた。

「師匠……あなたはすばらしい人格者だったのに、どうして孫のドクオーナはああなっちまったんですかね……」

ドクオーナの母、つまりアスクレピオス師匠の娘さんは、旦那さんといっしょに逝去してしまっている。

村にモンスターがやってきたときに、二人とも食われてしまったのだ。

一人残された孫のドクオーナを不憫《ふびん》がり、師匠は彼女を甘やかした。

その結果、あの酷《ひど》い性格の女に成長したってわけだ。

師匠が悪いわけじゃない。

「はぁ……」

僕は作業場を出てぐいっと背伸びする。

外には、何もない田舎の風景が広がっている。

ここはデッドエンド。

物騒な名前がついてるものの、その実態は王国北端に位置する最果ての村だ。

辺境や魔境なんて言われてもいる。

「今日もいい天気だ……お先は真っ暗だけど……」

この村で師匠に拾われ、そして育ち、今日までずっとここで暮らしてきた。

田舎暮らしに不満はない。

「リーフちゃん……」

「マーリンばーちゃん。どうしたの？」

よぼよぼのおばあさんが、空飛ぶ杖《つえ》に乗って僕の前までやってくる。

すっ、と音もなく着地すると、杖をついて近づいてきた。

「朝早くに悪いねぇ……腰がまたきゅーに痛くなって……」

「なるほど、いつものやつね。わかった。すぐ作るよ」

「いつもごめんねぇ～……」

「いいって。待っててね」

ドクオーナからメシを作れって言われてたけど、それよりばーちゃんのほうが優先だ。

ばーちゃんは酷い腰痛持ちなのである。

今もかなり痛いのを我慢してるのがわかる。

痛そうにしている患者と、腹を空かせている婚約者。どちらを優先するのか？

……時と場合によるが、僕は患者を優先する。

てゆーか、あいつの朝飯はもう用意してあるんだよ！

あっためる魔道具の使い方だって教えてあるし、未《いま》だに使えないのは、あいつが使い方を覚えないせいだ。

僕は作業場へと戻り、薬の準備をする。

作業台へ向かい、必要となる薬草を台の上に載っける。

「【調剤：痛み止め】」

その瞬間、薬草がバラバラに分解されて、粉末へと変わる。

僕の薬師《くすし》としてのスキルのひとつだ。

薬師《くすし》。文字通り、薬を作る職業《ジョブ》のこと。

この世界では女神様から、職業《ジョブ》という特別な力を授かる。

たとえば剣士の職業《ジョブ》を持っていれば、剣を軽々と振れるし、魔法使いの職業《ジョブ》なら魔法を勉強しなくても使えるようになる。

薬師《くすし》の職業《ジョブ》の特性《スキル》は、文字通り、薬の調合。

ただそれしか使えないので、外れ職業《ジョブ》扱いする人も多い。

けれど僕はアスクレピオス師匠の元で修業し、この調剤のスキルを鍛えた結果……。

【調剤：湿布】。それと、【調剤：胃薬】」

この世に存在するあらゆる薬を作れるようになった。

まあもっとも、師匠と比べるとまだまだであるのだが。

薬を作り終えると、紙袋に入れて、ばーちゃんの元へ向かう。

「マーリンばーちゃん、お待たせ。はい、いつもの」

「おお、リーフちゃん……ありがとうねぇ……」

ばーちゃんは頭をペコペコと下げる。腰も痛いだろうから、そんなのいいのに。

「アーサーじーちゃんの胃薬も一緒に入れといたよ」

「おお、リーフちゃんはほんとに気が利くねぇ……。リーフちゃんはこのデッドエンドの村に、必要不可欠な薬師《くすし》じゃよぉ。この村は退役した老人が多いからねぇ」

マーリンのばーちゃんもアーサーのじーちゃんも、昔はすごい人だったらしい。

というかこの村に住んでいるのは、みんなそんな感じで、昔はバリバリ活躍していたけれど、疲れて、この土地に流れ着いたって人が多い。

そう。この村は老人の人口がよそより多いのだ。

だからこそ、彼らの体調を管理する薬師《くすし》の存在が重要なのである。

「でもねぇ……リーフちゃん。いいんだよぉ、村を出て行っても」

「そんな……僕は要らないってこと？」

だとしたら、悲しい……。

けれどばーちゃんは微笑《ほほえ》んで、首を振る。

「ううん、リーフちゃんは必要さ。けどね、あんたはもっと評価されていい。こんな最果ての、さびれた村で一生を過ごすには、もったいない薬師《くすし》だからだよぉ」

……評価、か。

確かに僕の周りで、評価してくれるのは、ばーちゃんじーちゃんたち以外にはいない。

ドクオーナは、僕を一度も褒めてくれたことはない。

村人以外の人から評価なんて、されたことないな……言われてみれば。

「だからね、リーフちゃん。外に出る好機が来たら、迷わずそれをつかむんだよ」

「ありがとう……でも、そしたらじーちゃんばーちゃんたちはどうするの？」

「そんなもん……なんとかするさ。あたしらも、昔のツテがある。そりゃリーフちゃんがいつまでもいてくれた方がいいにきまってるけど……それ以上に、リーフちゃんの幸せをみーんな願ってるからねぇ」

「マーリンのばーちゃん……」

村の外、か。

行ってみたい気持ちはある。

けれど、僕には師匠の残したこの薬屋があるし、師匠から託されたドクオーナもいる。

「ありがとう……でも無理だよ、僕は。村を出られない」

「リーフちゃん……」

と、そのときである。

「ちょっとリ――――フ！　いつまで待たせるのよこのグズ！」

小屋から出てきたのは、僕の婚約者のドクオーナ。

怒り心頭といったご様子で、こっちにやってくる。

「悪い。でも、お客さんが……」

「は〜〜〜〜〜〜〜〜〜〜!?　客ぅ？　ちょっとババア！　今何時だと思ってるのよ！　店やってるときに来なさいよ！　このボケ！」

マーリンばーちゃんに罵声を浴びせるドクオーナ。

僕は嫌な気分になった。この薬屋の常連客に対してそんな、横柄な態度をとるなんて。

それに、僕のことを気遣ってくれる、優しいばーちゃんに対して、なんだ、その態度は……。

「おいドクオーナ。しょうがないだろ、腰が痛いんだから」

「うっさいうっさい！　あんたが甘いのよ！　そんなふうに甘い商売してるから、じじいばばあどもがつけあがるんでしょうが！」

じじい、ばばあだと……？

僕たちの薬屋と懇意にしてくれる、大事な客に対して……。

「……ねえ、その言い方はちょっとひどくない……？」

「リーフちゃん。いいんだよぉ。ごめんねぇ、朝早くから」

「まったくよババア！　次は営業時間内に来てよね！　ほらリーフ！　あんたはさっさとご飯作りなさいよ！」

そう言って小屋に戻っていく。

ほんと、なんて女だ……。

「ごめん、ばーちゃん……」

「いいんだよぉ……。まさか、アスクレピオス様のお孫さんが、あんな子ぉに育ってしまうなんてねぇ……」

この村のじーちゃんばーちゃんたちは、師匠に対して敬意を持っている。

村の健康を一人でずっと、死ぬまで管理していたのが、師匠だからだ。

「アスクレピオス様の孫娘だから我慢してあげてるけど……そろそろあたしらも我慢の限界だよぉ。リーフちゃんがいなかったら……」

「……ごめん」

「あんたが謝る必要はないよぉ。じゃあね、リーフちゃん」

そう言って、ばーちゃんは杖に乗って家へと飛んでいった。

はぁ……。どっと疲れた。主にドクオーナのせいで。

「こんな日々が……ずっと続くのか……」

ドクオーナに召し使いのようにこき使われる日々。

果たして、いつまで耐えられるだろうか。

じーちゃんばーちゃんたちがいなかったら、僕はとっくにストレスで倒れてる気がする。

「しょうがない……か……はぁ……」

……しかしそんな日々が長く続くことはなかった。

☆

「リーフ。悪いけどあたし……あんたとは違う人と結婚するから」

「は……？　どういう意味……？」

ある日のこと。

僕がいつもの通り作業場で薬を作っている最中だった。

婚約者のドクオーナが来て、いきなり言ってきたのだ。

「聞こえなかった？　あたし、彼と結婚することにしたの、ね～、オロカン様ぁ～♡」

ドクオーナの隣に立っているのは、ひょろ長い体つきで、嫌みそうな顔つきの男だった。

だが身なりはかなりいい……。貴族だろうか。

……てゆーか、ドクオーナもいつの間にかドレスとか着ちゃってるし。

「そうである。オロカン＝フォン＝ヴォツラーク男爵である」

オロカン男爵とやらは僕を見て、ふっ……と小馬鹿にするように、鼻で笑ってきた。

その見下した目つきと態度から、一般庶民である僕を下に見てることがわかる。

……たしかに貴族の方が庶民より偉いだろうけど、いらっとくる。

「ドクオーナは我が輩の、伴侶となったのである」

「は？　は、伴侶って……貴族……の？」

「そうである。貴様のような小汚い平民のガキに、このように美しいドクオーナは実にもったいないのである！」

小汚い平民のガキ……って僕のこと？　え、なに、その言い草。

ドクオーナはいきなり来た貴族を名乗る男に、べったりとくっついてる。

「あーん♡　オロカン男爵様ぁ♡　美しいなんてうれしいですぅ～♡」

べったりとくっつくその姿は、命令されて無理矢理やらされてるようにはとても思えない。

まるで、愛《いと》しい人に向けるような、情熱的な目を向けている……。

そんな……。そんな目、僕に向けてくれたこと、一度もないのに……。

言い様もない、敗北感のようなものを覚える。

い、いや……重要なのはそこじゃない。

「こ、この人と結婚するって……じゃ、じゃあこの店はどうなるの？　僕は？　これから、どうなるんだよ……」

するとオロカン男爵はフッと、馬鹿にしたような笑みを浮かべて言う。

「そんなの決まってるのである。貴様はこの店を出て行くのである」

「なっ⁉　出て行けだって⁉」

「そうである。この薬屋は我が輩の妻、その祖父が残したものである。当然、伴侶となる我が輩のものである。おいてある物は、ぜーんぶ」

「ふざ……ふざけないでよ！　この薬屋の器具も、師匠が残したレシピも……常連客も差し出せっていうの⁉」

「その通りである。理解が遅いグズであるな」

なにが……なにがグズだ。ひどい！　ふざけんな！

婚約者も、師匠との思い出が詰まった店も、受け継いだレシピも、僕に優しくしてくれる客も……。

全部横から、この貴族に取られてしまうってこと⁉

「ま、でもねリーフ。あたしも鬼じゃないわ。恩情をかけてあげる」

ドクオーナ……。

そうだよね、僕たち幼馴染《おさななじみ》だもんな……。

「あたしの元で、召し使いとして、雇ってあげてもいいわよ」

「…………………………………………は？」

「このままこの家を追い出されちゃ、仕事が無くて困るでしょ？　だからあたしの下で下僕のように働きなさい。そうすれば、おじいちゃんの作業場を使わせてあげてもいいわ」

……召し使い？　下僕……だって……。

なんで、どうして……そんなひどい提案ができるんだよ？

僕たち、幼馴染じゃないか。

同じ人の元で一緒に調剤を学び、一緒に師匠の遺《のこ》した店を、経営してきた仲じゃないか。

なのに……そんな仕打ち。

あんまりだ……畜生……チクショウ！！！！

「ざける……な」

「え？　なに？　下僕になるって？」

「ふざけないでよ……！」

知らず、声を荒らげていた。僕のなかにふつふつと湧き上がる感情が、理性で抑えきれずに表に出たのだ。

これは……怒りだ。そう、僕は怒ってるんだ。この、女に。ドクオーナに。

「僕を召し使いとして雇ってやってもいいだって？　ふざけるのもいいかげんにしてよ！　今までも散々、召し使いみたいにこき使ってきたじゃんか！」

「ちょ、ちょっと……なに怒ってるのよ？」

「君のことなんてもう知らない！　僕は出て行くからね！」

「なんですって……⁉」

驚くドクオーナをよそに、僕は背を向ける。

「ちょ、ちょっと待ちなさいよ！　なんでそうなるのよ。オロカン様のところで雇ってあげるって言ってるのに」

「こんな最低男と、最低女のいるところで、働けるわけないだろ！」

「な、な、なによ最低女って！　ひどい！　あんまりな言い方だわ！　撤回しなさい！」

「するわけないだろ！　人の気持ちを踏みにじりやがって……！」

僕は何も持たず、作業場のドアに手をかける。

「お望み通り、この薬屋のものは全部おいていくよ。釜も、薬草も、器具も、全部勝手に使えばいいさ！」

「え、ちょ、ちょっと待ちなさいよ！　使い方とか、薬草の名前とか、あんたしかわからないじゃないの！　どうするのよ！」

「知るもんか！　勝手にしてよ！　そこの最低男とどうぞお幸せに！」

僕は手ぶら状態でドアを開ける。

「ちょっとー！　待ちなさいよリーフ！　戻ってきなさいって！」

ドクオーナのことを無視して、僕は夜道を走る。

なにが戻ってこいだ。ふざけるな。もうあんなやつの顔なんて二度と見たくもない！

☆

……気づけば、僕は森の中で倒れていた。

どうやらがむしゃらに走っていたらしい。

「ぜえ……はあ……はあ……」

場所は、多分いつもの【森】の中。

ここは僕が師匠と一緒に修業した場所でもあり、普段から薬草そのほかを採取する場所。

つまりまあ、勝手知ったる庭である。

だから、何も考えずともここまでこられたのだ。

「これから……どうするかな」

村のみんなには悪いけど、ここに残ってもいづらいだけだ。

じーちゃんばーちゃんたちは、もちろん僕をあしざまに言うことはないだろう。

けれど、この先もずっと同情され続けるのも、嫌だった。

「出てくか……マーリンばーちゃんも、出て行ってもいいって言ってたし」

村のじーちゃんばーちゃんたちの体調管理のことは、気にはなる。

でもマーリンばーちゃんがなんとかなるって言っていた。機会があれば、出てってもいいと。

「…………」

正直このまま村に戻る気には、毛頭なれなかった。

気まずいし、何より僕はもう、あの女には二度と会いたくないからだ。

「最後に、師匠に挨拶してから、ここを離れよう」

この森には師匠が使っていた小屋と、お墓がある。

確か小屋には予備の、調剤に使う道具とか、生活用品とか、金とかがあった気がする。

そこへ行っていろいろ装備を調えてから出発しよう。

そう思っていた、そのときだ。

「だ、誰か助けてぇ――――――――――！」

……森の中に響く女性の悲鳴。

こんなへんぴな森を訪れる者は少ない。

早寝早起きのじーちゃんばーちゃんたちが夜出歩くとは思えない。

と、なるとこの森に初めて来た人ってことになるわけだ。

「…………」

気づいたら、僕は走っていた。

自分が婚約者に裏切られ、傷心中だというのに、僕は助けを求める手を取りに行こうとしている。

なぜ、と言われると、そういうふうに教わってきたからと答える。

僕の師匠、アスクレピオスは、困っている人を助けるために力を使いなさいといつも言っていた。

薬の力も、そして薬師としての力も。

だから助ける。

「いた……」

そこは、師匠の小屋の近く。

馬車が横転していた。

血だらけの女騎士。周りには護衛らしきほかの騎士もいる。

そして……身なりのいい少女が、青い顔をして震えていた。

少女たちの周りを、影狼《シャドウ・ウルフ》の群れが取り囲んでいる。

鋭い爪と牙で、女の柔らかい肉を食らおうと、今まさに飛びかかろうとしていた。

僕はいつも腰に巻いてるポシェットに手を突っ込んで、必要となる素材をひとつかみ。

「【調剤：麻痺毒《パラライズ》】」

ばっ！　と今作った粉末を、影狼《シャドウ・ウルフ》めがけてふる。

それは空中で化学反応を起こし、電気を放ちながら、周囲にいた狼《おおかみ》たちを麻痺《まひ》させた。

「麻痺の魔法⁉」

「いや、薬だよ」

「薬だと……⁉　薬にあんな化け物を止める力があるのか⁉」

血だらけの女騎士が問うてくる。

調剤スキル。薬を作る技術だ。師匠からたたき込まれた僕は、あらゆる薬を調合できる。

「薬も過ぎれば毒となる。薬師《くすし》の僕は、ああいう毒も作れるんだ」

僕は次にポシェットに手を突っ込んで、必要な素材を掴《つか》む。

「【調剤：睡眠薬《スリープ》】」

今度は白い煙が発生する。

麻痺って動けなくなっていた影狼《シャドウ・ウルフ》たちが、一瞬でダウンする。

「仕上げだ……【調剤：致死猛毒《デス・ポイズン》】」

僕の手が、ずぉ……と黒く染まる。

眠ってる狼の顔に、触れる。

その瞬間、狼の体が一瞬で黒く染まると、ボロボロ……とチリも遺さず死んだ。

「そんな……馬鹿な……あの影狼《シャドウ・ウルフ》を、一撃で？」

「あとは僕に任せて。すぐこいつら倒して治療するから」

残りの眠ってる狼たちをタッチ。

群れごとまとめて殺した。まあこれで危機は去ったかな。

作っておいた致死猛毒《デス・ポイズン》が消え去り、僕の手の色が元に戻る。

「さて……と。大丈夫？」

「う、動くな……！」

ちゃき、と女騎士が剣を構えて、僕に向かって声を荒らげる。

どうにも警戒されてるようだ。まあそりゃ、目の前であんな毒を見せつけられたら、警戒は当然か。

「大丈夫。僕は薬師《くすし》だ。みなさん怪我《けが》してるようだし、治療させてくれないかな？」

「治療だと……？」

するとと後ろに控えていたドレスの少女が、僕たちの元へやってくる。

「リリス。このお方の言葉を信じましょう」

「しかしお嬢様……」

女騎士はリリス、そして彼女が守っているのが、このお嬢様ってわけか。

お嬢様は僕を見て、ぺこっと頭を下げる。

「助けてくださりありがとうございます。そして、お願いがあります。あの者たちをどうかお助けください」

身なりからしてかなりいいとこのお嬢さんっぽい。

ひょっとしたら貴族かもしれない。

……正直、さっきあんなことがあって、貴族に対してはいい感情はない。

だが、それは私情だ。

助けを求めている人の手を、振り払う理由にはならない。

「了解。すぐすませるよ。手始めに、あなたからだ。【調剤：回復薬】」

僕はポシェットから薬草を摑んでスキルを発動。

空中に放り投げると、それは緑色の液体となって宙に浮く。

そのままパシャッ……とリリスさんにぶっかけると……。

「⁉　き、傷が治った⁉　あの深手が、一瞬で⁉」

「次はほかの護衛たちだな」

リリスさんよりもさらに深い怪我を負っているようだ。

手足が欠損してる人もいるし、なんだったら仮死状態のやつもいる。

「残りの素材全部で……【調剤：完全回復薬《エリクサー》】」

「「エ、完全回復薬《エリクサー》⁉」」

僕の手の中にある素材、そして空中の水分、周りの薬草などを使う。

調剤スキルによって作るのは、あらゆる怪我も病気も治してしまう万能薬、完全回復薬《エリクサー》。

それをありったけ作ると、空中に水の球が出現。

それを分裂させ、雨のように降らせると……。

「うう……あれ⁉」「おれ死んだはずじゃ……」「すげえ！　手が！　かみちぎられた手が治ってる⁉」「どうなってるんだこりゃあ⁉」

よし、怪我人はこれで全部治したな。

「す、すごいです……！」

ドレスのお嬢様が僕を見て、キラキラした目を向けてくる。

「あの恐ろしい影狼《シャドウ・ウルフ》を瞬殺しただけでなく、こんなにたくさんの怪我人を一瞬で治す完全回復薬《エリクサー》を調合してみせるなんて！」

そして、彼女はこう言った。

「あなたが、わたくしの求めていたお人……伝説の治癒神アスクレピオス様ですね⁉」

……ああ、なんだ。

この人たち、師匠を訪ねてきたのか。

「悪いけど、師匠は死んだよ。だいぶ前にね」

「そうなのですか……？　では、あなたは？」

「僕？　僕は……リーフ。アスクレピオス師匠の弟子で、ただのしがない薬師《くすし》さ」

ぽかん……とした表情のお嬢様と、リリスさん。

だがリリスさんはすぐに正気に戻ると声を荒らげた。

「いや、おまえのような薬師《くすし》がいてたまるかぁあああああああああああああ！」

☆

……ここは、魔境の村デッドエンド。

偉大なる英雄たちが引退して、のんびり暮らしている村。通称、【英雄村】。

そこで師匠アスクレピオスから異次元の治癒術と調剤スキルを習い、また魔物のうろつく森で鍛えたことで、規格外のパワーを手に入れていた僕……リーフ。

婚約者を馬鹿貴族に取られて、不幸のどん底だった僕の運命はこの日、一人のお嬢様との出会いで、一八〇度変わることになる。

これは辺境で育ったチート薬師《くすし》が、都で正当な評価を受け、大成していく物語。

第二章　「薬師《くすし》、田舎を出る」

「貴様、何者だ？」

馬車を護衛していた騎士の一人、リリスさんが僕に問うてくる。

黒髪に、メリハリのあるボディを持つ、女剣士。

美しい顔にはしかし、警戒の色が濃く表れていた。

「僕はリーフ・ケミスト。アスクレピオス師匠の弟子の、ただの薬師《くすし》だよ」

「……本当にそうなのか？」

じろりとリリスさんが僕をにらみつけてくる。

猜疑心《さいぎしん》に満ちた目は、僕を全く信用していないように感じた。

「貴様が瞬殺した影狼《シャドウ・ウルフ》は、強さで言えばAランク。ベテラン冒険者すら手こずるモンスターを、あんな大量に、一瞬で倒した。薬師《くすし》にそんなことができるとは思えない」

ちゃき、とリリスさんが剣を構える。

敵意とともに刃を向けられても、僕は怖いとは思わなかった。まあ、疑われてもしょうがないか。会ったばかりだし。

「貴様の強さは、異常だ」

「異常って……異常に弱すぎるってこと？」

「強すぎるって意味に決まってるだろ！　からかっているのか⁉」

別にそういうわけじゃないのだが……。

「やはり貴様は斬る！」

「おやめなさい、リリス！　恩人に失礼ですよ！」

斬りかかろうとするリリスさんを止めたのは、彼女が護衛していたお嬢様だった。

美しい桃色の髪。少し、くるっとカールしている。

桃色のドレスに、高貴な顔立ち。

どう見ても……貴族の娘さんだ。

「プリシラお嬢様！　しかし……」

貴族の娘はプリシラというらしい。

リリスさんをいさめたあと、彼女は僕の近くまでやってきて、頭を下げる。

「部下が大変失礼しました。わたくしは、プリシラ。プリシラ＝フォン＝グラハム。グラハム公爵が息女です」

「公爵……令嬢？　プリシラ……」

公爵っていえば、僕から婚約者を奪ったオロカン男爵よりも立場が上、だったかな。

って、貴族⁉　しまった、なんかフランクに話しかけすぎてた……。失敗。

でも……貴族の階級ってどうにもわからない。

……オロカンを思い出してしまい、若干嫌な気持ちになる。

けれど、プリシラ……ううん、プリシラさんは僕の前で深々と頭を下げている。

「我らを窮地から救い、命まで助けてくれたこと、深く、感謝申し上げます」

……礼儀正しい彼女を見て、この子はオロカンと違うのかもしれない、と思った。

貴族への嫌悪感は、完全には拭いきれないけれど、憎しみみたいな感情はなくなった気がする。

「それで、プリシラさんは」

「貴様！　お嬢様にさんづけだと⁉」

「いいのですリリス。……リーフ・ケミスト様、どうかわたくしのことは、プリシラと呼び捨てにしてください」

貴族を呼び捨てに……？

「さ、さすがにできないですよ……。ところでお二人はこんな田舎に、何しに？」

「治癒神アスクレピオス様に、どうしても治してほしい人がいるのです」

「師匠に……治療の依頼ってことですか？　すみません……無駄足踏ませて」

「いえ……ご高齢と伺っていましたので……仕方ないですよね」

……辛《つら》そうな顔をしている。どうやら、よんどころない事情がありそうだ。

「誰を、治してほしいんですか？」

「……母です」

なるほど、お母さんが病気なのか……。

プリシラさんの思い詰めた表情から、母親が結構やばい病気に冒されてるのは明らかだろう。

こんな辺境まで、師匠を頼ってくるくらいだ。

そうとう気合いが入ってないとこんなところにはこないだろうし（街にも治癒術師はいるだろう）、切羽詰まった状況だと思われる。

……親がそばにいない気持ち。それは理解できる。

大事な親が死んでしまったら、彼女は悲しむことだろう。

それは、可哀《かわい》そうだ。なんとか、してあげたい。

「あの……もしよければ、僕が行って診察しましょうか？」

「診察……？」

「はい。師匠ほどじゃあないですが、僕も人を治すすべを会得してます。あなたの力になれるかもしれない」

「ほんとですかっ⁉　ぜひ！　お願いします！」

ばっ！　とプリシラさんが僕の前で頭を下げる。

だが、隣のリリスさんがまたも疑いの目を向けてきた。

「ほんとうに、治療できるのか？」

「リリス！　あなた、見ていなかったのですか⁉　このお方は、怪我《けが》を一瞬で治してみせたのですよ！」

「しかしお嬢様。それは怪我の治療であって、病気が治せるかどうかはわかりませぬ。それに、我らを欺くためにあの化け物たちをけしかけたのかもしれません」

「失礼ですよあなた！」

と、そのときだ。

「そうじゃよぉ、若いの。それは、リーフちゃんに、失礼じゃあ」

聞き慣れた声が、上空から聞こえてくる。

見上げるとそこには、杖《つえ》にまたがった魔女のおばあさん……。

「マーリンばーちゃん」

「「マーリン⁉」」

ん？　なんで二人は驚いているんだ……？

すぅ、とばーちゃんは僕たちの前に、音もなく着地する。

「ばーちゃん、どうしてここに？」

「薬のお礼をしに薬屋へ行ったら、リーフちゃんがいなかったんでねぇ。急いで使い魔を使って、リーフちゃんを探していたのさぁ」

……そうだったのか。

なんか申し訳ない。ばーちゃんたちを捨てて、村を出るみたいな選択をしてしまったから。

ばーちゃんはにこりと笑って言う。

「事情はあの馬鹿どもから聞いて、ある程度把握してるよぉ。辛かったねぇ」

「ばーちゃん……」

「アスクレピオス様は、いいお方だったけど、孫娘をあんなにしちゃったのは、ほんと良くなかったねぇ……あたしがおっ死《ち》んだら、あの世できちんと叱っておくよぉ」

「そんな、死ぬなんて言わないでよ……！」

そうだね、とばーちゃんが苦笑してる。

一方で、プリシラさんが恐る恐る、ばーちゃんに尋ねる。

「あの、お婆様。マーリン様とは、あの……【大賢者マーリン・カーター】様ですか？」

「おお、よぉ知ってるのぉ。そうじゃ、あたしがそのマーリンじゃよ」

「やはり！　高度な飛翔《フライ》の魔法を使っていらしたので、もしやと！」

え、飛翔ってそんなに高度なの？

村のばーちゃんたち、普通に使ってたけど……。

「お嬢さん。事情は使い魔を通して聞いていたよ。この子の治癒の腕は、あたしが保証しよう。リーフちゃんは正真正銘、治癒神アスクレピオスの一番弟子で、あのお方をしのぐレベルの治癒の使い手じゃて」

「そうなのですね！　ほらリリス！　聞きましたか⁉」

リリスさんはこくんとうなずくと、すっと腰を折ってきた。

「すまなかった、リーフ殿」

「あ、いや……信じてもらえたらいいですよ」

それにすぐに信じなかったのも、しょうがないよね。

だって主人であるプリシラさんのお母さんの危機なんだ。

そこに、得体の知れない男を連れてくわけにはいかなかったろうから。

しょうがないと、僕は納得できる。

「リーフちゃん。この子について都へ行きなさい。あんたは、正当な評価を受けるべきじゃって、いっつも言ってきたろう？　今が、好機じゃ」

「ばーちゃん……」

どうしても、村のじーちゃんばーちゃんたちのことが、気にかかってしまう。

でも、ばーちゃんは前に言っていた。

自分たちのことは、なんとかできるって。

……目の前に好機がぶらさがっている。

ここで摑《つか》まなかったら、たぶん……もう一生巡ってこない気がした。

それにもう、僕はあの女とは二度と関わりたくない。絶対に顔を合わせない場所にいたい。

「ばーちゃん……ごめん。僕……行くよ」

「ええ、ええ、それがいいよぉ……大丈夫。あとのことは、あたしに任せなさい。ちゃあんと……やっとくから」

あとのこと？　やっとく……？

「え、それって……」

「おお、そうだ。リーフちゃん、餞別《せんべつ》をあげようかねえ」

「餞別って……？」

ばーちゃんがパチン、と指を鳴らす。

その瞬間、いろんな物が空中に現れる。

「どれもあたしが、こんな日のために用意しておいた、魔道具《マジックアイテム》じゃよ」

「大賢者マーリン様の魔道具⁉　そんなの、超がいくつもつくほどの、すごい魔道具じゃないですか！」

そうなの？

ばーちゃんって、結構手先が器用で、いつも何か作ってたけど……。

まず、木でできた小ぶりの箱が降りてくる。

リュックのように背負えるようになっていた。

「これは新しい魔法バッグじゃよぉ。容量は無限になっている」

「「ええ――――――――⁉」」

プリシラさんたちが驚いてる？

え、なに驚いてるんだ。

「魔法バッグなんて誰でも持ってるだろ？」

「「いやいやいや！　ないですよ！」」

「あれ、そうなの？　村じゃみんな持ってるけど」

都会じゃ流行《はや》ってないのか？

次に、小さな薬瓶。

チェーンがついており、首から下げられるようになっていた。

瓶に蛇が巻き付いてるようなデザイン。

「天目薬壺《てんもくやっこ》。これはリーフちゃんが作った薬を、少し入れておくだけで量産してくれるんだよぉ。また、入れておけば、時間が止まって、劣化を防ぐよぉ」

「すっごい、便利！　薬って消費期限決まってるからね！」

「次に、薬師《くすし》の神杖《しんつえ》」

節くれ立った大きな木の枝って見た目だ。

ただし、先端に半透明の宝玉がついていた。

「薬師《くすし》の神杖はねえ、リーフちゃんが作った薬を、杖の先に溜めておいて、適切なタイミングで投薬できるようになるよぉ。さらに、広範囲、離れたところにいる複数の相手にも、同時に投与が可能になる」

「投薬機能の拡張と、貯蔵機能ついてるんだ！　すっごーい！」

杖を手に取ったあと、僕の腰に、一振りの短刀がさげられる。

「それは、薬神の宝刀バイシャジャグル」

「薬神の宝刀……バイシャジャグル？」

「リーフちゃんの薬による状態異常攻撃、あるじゃろう？　その効果を刃に付与できるのじゃ」

僕はナイフを抜いて、致死猛毒《デス・ポイズン》を発動させる。

すると刃が真っ黒に染まった。

「これ、すごいよ！　僕の毒って、強すぎて何にも付与できなかったんだ」

「特別な金属でできてるからねえ、絶対に折れないし、リーフちゃんの薬にも耐えられるんだよぉ」

最後に、緑色のマントが僕の体を包み込む。

マント、といっても魔法使いのそれとは異なる。

極東の半纏《はんてん》のような、上着だ。

……この上着には、見覚えがあった。

「これって……師匠の？」

「ああ。あたしが預かっておった、治癒神の外套《がいとう》じゃ。防御機能、自動修復機能がついておる。また、あらゆる気温に適応できる温度調整機能もついておる。長旅には必要じゃろうて」

無限に収納できる魔法バッグ、天目薬壺《てんもくやっこ》、薬師《くすし》の神杖、薬神の宝刀バイシャジャグル、そして
……治癒神の外套。

「なにからなにまで、ありがとう」

「気にしなくていいよぉ。今まで、リーフちゃんにはよくしてもらったからねえ」

僕のために作ってくれたんだ。

……大事に、しなきゃな。

「よし、行きましょう……って、どうしたんですか、プリシラさん？」

彼女たちがぽかーん、と口を大きく開いたまま固まってた。

「あの……？」

「あ、す、すみません。その……どれも、伝説級の魔道具で、驚いてしまって」

「伝説級？　いや、おおげさでしょ。単なる、ばーちゃんの手作り魔道具だよ」

「そのお婆様がすごいのですよ！　そんな彼女から寵愛《ちょうあい》を受ける、リーフ様は、本当にすごいお方ですね！」

何がすごいんだろう……？

まあ、よくわからないけど、とにかく旅支度は整った。

いよいよ、都へと出発だ！

《ドクオーナ Side》

リーフ・ケミストが王都へ向けて出発した一方。

彼の元婚約者ドクオーナは、大変憤っていた。

場所は祖父アスクレピオスが残した薬屋。

レジカウンターに肘をついてぶーたれていた。

「なによリーフのあほっ！　間抜け！　どうしてこのあたしの優しさを、理解できないのかしら！」

ドクオーナの中では、幼馴染のよしみで、リーフを貴族の下で働かせてあげようとした。

それなのに、彼が愚かにもそれを拒んだ、という解釈が成り立っている。

「ふん！ ばかリーフ。あんな田舎者の薬ばかは、どこへ行っても活躍できるわけないってのよ！ きっとすぐ帰ってきて泣きついてくるわ！ ま、そのときは土下座してくれるなら、考えてあげてもいいわね～」

と、そのときだった。

「リーフちゃん、いるかい？」

入ってきたのは、細身の背の高い老人だ。

腰に一本のぼろっちい剣をぶら下げてるだけで、貧相に見える。

「なんだ、アーサーのジジイか」

……その正体が大賢者マーリンの伴侶にして、救国の英雄剣士、アーサーであることを、この女は知らない。

「リーフならいないわよ」

「薬草でも摘みに行ってるのかの？」

「違うわよ。あいつはもうここに帰ってこないの」

「な、なんだとっ⁉ 一体全体どうして⁉」

ドクオーナは自慢げに、さっきあったことを話す。

自分が貴族の妻となること。

この薬屋はその貴族のものになること。

だから、邪魔者は追い出したこと。

「………」

アーサーは、あまりのドクオーナの身勝手な振る舞いに絶句するしかなかった。

一方でドクオーナが言う。

「ここ、デッドエンドの村はオロカン様が治めるヴォッツラーク領のさらに北……つまり、オロカン様の管理から外れる場所よ」

地理的に言うと、
デッドエンド（最北端）↓奈落の森《アビス・ウッド》↓ヴォッツラーク領↓王都など……。

という配置だ。魔物うろつく奈落の森《アビス・ウッド》は、デッドエンドとヴォッツラーク領のどちらにもかかっている（半々くらい）。

「でも、お優しいオロカン様は、ここにいるジジババどもにも、薬を提供してあげなさいってことで、あたしがここに残ってあんたらの薬の面倒を見てやるのよ。ありがたく思いなさいな」

ドクオーナは知らないことだ……。

別に、オロカンはこの地に住む老人たちに対して、優しさなど持ち合わせていなかった。

この村の老人たちを相手に、薬を高く売りつけて、もうけを得ようとしているだけだった。

老人どもは足が悪いから、遠くまで行って薬を買うことが出来ないだろう。

だから、この薬屋を残しておけば、彼らはここを頼らざるを得ない。

「あ、そうそう。オロカン様のご命令でぇ、今日から全品四〇割増しだから。つまり、五倍の値段だから。そのつもりでよろしく～」

オロカンの考えでは、老人どもは他に頼れるところがないだろうから、薬をいくら高くしてもここで買わざるを得ない。

だから、値段を五倍にするなどという、馬鹿みたいなことをしたのだ。

「…………」

アーサーはドクオーナを、ほんの一瞬だけ、不憫《ふびん》そうな目で見た。

彼ら老人は、ドクオーナの祖父、アスクレピオスに非常にお世話になったからだ。

祖父、そして聡明《そうめい》な婚約者《リーフ》なき今、ドクオーナをいさめてやれるのは、自分たちだけ。

だが……もう手遅れだ。

四〇割増しなんていう法外な値段をつけて薬を売ることに対して、何の罪悪感も覚えていないようなな、こんな女のことを……。

もう気にかけてやる必要はない。

なぜならもう、彼らの恩人は死に……そして、彼らが溺愛していたリーフは、いないのだから。

「わかった。五倍の値段だな。高いが……しかたないのぉ」

にやりとドクオーナが嗤《わら》う。

やはりオロカンの言うことは正しかった。五倍の値段をつけても、この足の悪い老人どもは買ってくれるだろうと。他に、買える場所がないから。

「(オロカン様ぁん♡　あなたのご指示通り、薬を売りましたわぁん♡　ほめてくれるかしらぁ～

♡）」

……だが、ドクオーナが有頂天でいられたのは、ここまでだった。

「では……いつ、いつものをもらおうかの」

……一瞬、ドクオーナがフリーズする。いつもの……？　そう言われても、わからない。

薬の調合から接客まで、全部、リーフ一人でやっていたからだ。

いきなり常連から、普段買っているものをくれと言われても、わからない。

「早くしてくれないかのぉ。痛くてなぁ」

「あ、痛い……痛い……だから……えっと……」

相手は、客だ。客である以上、商品はきちんと提供しないといけない。

オロカンに、薬屋は自分に任せてくれ！　と啖呵《たんか》を切ってしまった以上、やるしかない。

「これね！　ほらジジイ、頭痛薬よ！」

「はぁ〜〜〜〜〜〜〜〜〜」

アーサーは思いきり、ため息をついた。そこにはあきれ……相手を馬鹿にするニュアンスが含まれている。

「頭痛薬など、老人がほしがるわけがないだろう？」

「なっ！　なによ！　そんなの知らないわよ！　て、てゆーか！　いつものとか曖昧な言い方をするからいけないんじゃないのよ！」

「なるほど、一理あるの。ならばサンパースをもらおうか」

「サ、サン……わ、わかったわ。待ってなさい！」

おそらくは商品名だろう。

具体的な名前で要求してきた以上、ここで失敗するわけにはいかない。

自らの無知をさらす羽目になる……。

再び、ドクオーナが薬棚をひっくり返す。

……だが、どこに何の薬が置いてあるのか、さっぱりわからない。

それはそうだ、在庫の管理もリーフの仕事だったのだから。

「なんじゃ小娘、生まれたときからこの店で過ごしていたのに、薬の場所もまともにわからんのか？　ん？」

「は、はぁ!?　そ、そんなわけないじゃないのよジジイ！！！」

図星を突かれて大慌てのドクオーナ。

どったんばったんと薬棚をひっくり返して、サンパースを探す……。

だが、そもそもその薬が、なんの薬かわからないのだ……。

「リーフちゃんはすぐに、出してくれたのにのぉ。商品名なんて言わなくても、すぐに用意してくれてたものなのになぁ……」

「やかまっしいのよ！」

焦って商品を探す。だが、焦ると視野が狭くなる。

……だから、足下に落ちてる、ペラペラの紙が、湿布《サンパース》であることに気づいていない。

そこへ……。

「リーフちゃん、おはよー」「今日も良い天気ねぇ」「おんやぁ？　リーフちゃん？」

続々と、村の老人（もちろん全員がかつての英雄）が薬屋にやってきたのだ。

ドクオーナは、焦る。大いに、焦る。

ただでさえ、一人目《アーサー》の薬が見つかっていないのに……。

「まあいいや、いつものちょうだいねえ」「あれなくなっちゃってねえ、悪いけど一セットちょうだいな」「こないだのあれよく効いたわぁ。同じの欲しいのう」

……いつもの、あれ、こないだの。

そう言われても、全く薬屋の仕事をしてこなかったドクオーナに、わかるわけがない。

というか、客の顔と名前すら一致しない。

どうしよう……と焦っていると、アーサーはあきれたように再度ため息をつく。

「……もうよい。遅すぎる。いつまで待たせておるのだ」

ふんっ、とアーサーは鼻を鳴らして、立ち去ろうとする。

「あ、ちょ、ちょっと待ちなさいよ！　金置いてきなさいよ！」

「商品と引き換えに決まっておるじゃろ？　え？　どこにあるのか？」

「さ、探すわよ！　探してやるから、金だけは置いてきなさいよ！」

「……はぁ～～～～～」

大きく、深く、またため息をつくアーサー。

「リーフちゃんなら、信用できるから、そうするよ。けど小娘、あんたは信用ができない」

「なんですって⁉」

「当たり前だろう？ あんなにこの村の、この店のために働いてくれていた、リーフちゃんを追い出しちまったんだから」

それを聞いた、買い物客の老人たちは……。

「なんですって⁉ リーフちゃんを追い出した！」

「なんて……なんて馬鹿なことしてくれたんだい！」

「前から馬鹿だ馬鹿だとは思ってたけど、ここまで愚かとは思わなかったよ！」

老人たちから、罵声《きゃく》を浴びせられる。

いきなり馬鹿にされて……ついかっとなったドクオーナは反論する。

「な、なによバカバカって！ うるさいのよジジイババア！ あいつが……あいつが出てったのよ！ 勝手に！」

「「「そんなわけないだろ」」」

そう、村の老人たちはリーフの人となりを熟知している。

彼が自発的に、村を出て行くような子ではないとわかっているのだ。

「リーフちゃんはあんたと違って優しい子だから」

「何が勝手に出て行っただい、このうそつき」

「リーフちゃんもこんな馬鹿女と結婚しなくてよかったよ」

「な、なによなによ！　何よ何よ！」

馬鹿にされまくって、地団駄を踏むドクオーナ。

自分は馬鹿でリーフが賢いと、言われてるようで腹が立ったのだ。

ようで、ではなくて事実なのだが……ドクオーナは自分の方が賢いと思っている。

「おしゃべりしてないで薬を売っておくれよ」

「わ、わかってるわよぉ……！　うるさいのよジジィババァどもぉ！」

……この期に及んでも、客に対して態度を改めない。

結局この日は、まともに薬を売ることはできなかった。

だが、これで終わりではない。

むしろ、これからさらに、ドクオーナは苦労することになる……。

そして。

この村にいる老人は、全員が英雄や、隠居した権力者たち。

彼らは引退したとはいえ、その影響力はいまだ衰えていない。

彼らに恩義を感じている、今その座にある権力者たちの何と多いことか。

……つまり、今回ドクオーナは老人（かつての英雄や権力者）に酷《ひど》い扱いをしてしまった結果、
さらなる報いを自分、そして結婚相手のオロカンも、受けることとなる。

《リーフSide》

僕、リーフ・ケミストは婚約者に裏切られ、故郷を出ることにした。

懇意にしてくれていた客である、村のばーちゃんから餞別をもらった後……。

お嬢様こと、プリシラ＝フォン＝グラハム公爵令嬢とともに、王都を目指していた。

プリシラさんの乗ってきた馬車は順調に南下していく。

この森、奈落の森《アビス・ウッド》。僕が住んでいた魔境の村デッドエンドと、隣接するヴォツラーク領とにまたがるようにして広がる大森林。

森を抜けて、さらに南に進めば王都へと到着する。

僕は馬車に乗ってまずはこのお嬢様の実家がある、王都へと向かうことにした。

「…………」

プリシラさんはうつむいて座っている。その思い詰めた表情から、切迫した状況であることがうかがえた。

彼女がこの最北端の村へとやってきた理由は一つ、彼女の大事な母親が、病に冒されているから。

僕は彼女のその大切な母親の治療を任されている。

責任は重大だ。がんばらないと。

「ところで、リーフ、様」

護衛の女剣士リリスさんが僕に問うてくる。

様、と恐る恐るつけてきたのは、僕の方が立場が上だと思ってるからだろうか。

主の客人ってわけだからかな。

「様なんていいですよ」

「そ、そうか……では、リーフ。一つ気になってることを聞いても良いか？」

こんな雰囲気の中でどうして話しかけてきたのかな。

そう思ったんだけど、多分この人なりに空気を読んだんだろう。

プリシラさんの大事な人がピンチって状況で、馬車の中には重苦しい空気が流れてる。

到着までずっと沈黙したまま、この空気のままだと主も僕も疲れるだろうと。

だから、口火を切って話題を提供してきたんだ。

いかつい見た目の割に、気遣いのできる人なんだなぁ。

「どうしました？」

「この森……奈落の森《アビス・ウッド》には、モンスターがほとんどいないのか？」

ほとんどいない？

「いえ、いますよ。近寄ってこないだけ」

「？　どういうことだ。私が聞いていた話だと、この奈落の森《アビス・ウッド》には凶悪なモンスターがうようよいて、まともに人が立ち入れないということだった……しかし、我々は目的地付近に至るまでモンスターの襲撃に遭わなかったんだ」

ああ、なるほど……。

魔除《まよ》けが、甘い部分があったんだね。

「モンスターはいます。ただ近寄ってこないように、僕がこれを使ってたんです」

僕は魔法バッグ（どんな大きさのものでも無限に入れておける）から、小さな袋を取り出す。

それをリリスさんに渡す。

「なんだこれは？」

「匂い袋です」

「におい、ぶくろ？」

「はい。中に魔物が嫌う匂いを出す香草をつめてつくった、魔除けの魔香」

「！　つまり、この袋の効果で、奈落の森《アビス・ウッド》の魔物たちは近寄ってこなかったと……？」

「そのとおりです」

師匠から教えてもらったこの匂い袋。

あの人は村のじーちゃんたちに余計な負担をかけまいと、森を抜ける道など人が通るところや、村の近くの木々に匂い袋を結びつけていたのだ。昔は、じーちゃんばーちゃんたちが出張って、奈落の森《アビス・ウッド》の魔物を退治してたんだけど、それも大変だろうという師匠の配慮だ。

師匠亡きあとは、僕が匂い袋を作ってくくりつけていたのである。

「なるほど……だから魔物がまったく寄ってこないのか……」

「まあ、完全じゃないです。ある程度の強さまでの魔物は除けられるけど」

「それにしても……すごいな……む？　あれ、ではおまえがいなくなったら、まずいんじゃないか？　魔除けの匂い袋がなくなるんだから……」

確かに、魔除けの効果が無くなり、森の魔物たちが襲ってくるようになるかもしれない。

「村は大丈夫ですよ」

「どうしてだ？」

「あの村、強いじーちゃんばーちゃんがたくさんいるし、並の魔物は怖がって近づかない……って、マーリンばーちゃんが言ってました」

さっき餞別をもらったときに付言されたのである。

魔物も馬鹿じゃないから、村に寄ってこないだろうと。デッドエンド村だけは、無事だろうと。

もちろん、馬鹿な魔物はいるだろうけど、どんなのがきたって、あの村にはすごい人がたくさんいるからな。

だから、魔除けはもうしなくていいよと、マーリンばーちゃんが言ってくれたのである。

「確かに大賢者マーリン様がいるなら、村は襲われない……か。む？　あれ……村は確かに自衛できるだろうけど、もう一つ、森に面している領地がなかったか？」

「ヴォッラーク領ですね……」

確かにあそこも奈落の森《アビス・ウッド》に面している。

ばーちゃんたちみたいな強い人たちがいるなら、森の魔物もこないだろう。

けど、あそこには村の人は、いない。

「魔除けがなくなったら、モンスターは襲ってくるんじゃないか？」

「かもしれないですね。まあ……関係ないです。そこの領地の領主様が、なんとかするでしょうし」

ヴォツラーク領、つまり、僕から婚約者を取った馬鹿貴族が治める土地だ。

……そんなやつのために、どうして心を痛めないといけないのだろう。

それに、モンスターへの対処は、領主の仕事だ。

あのオロカンとかいう馬鹿がなんとかするだろう。

というか、そもそもあの領地の分まで魔除けする義理なんて、最初から無かったんだけど、匂いは結構広範囲に広がるから、副次的に守ってただけなんだよね。

「まあ、そうですね。領地の防衛は、領主のお仕事ですから」

と、プリシラさんがようやく、会話に加わってくれた……そのときだった。

がたん！　と馬車が停止したのである。

「何があった⁉」

すぐさまリリスが馬車から降りて、先行していた護衛部隊に尋ねる。

「は……ひ……」「あ、あわ……」「だ、ど……ら……」

外から聞こえてくる護衛の声に、恐怖が色濃く感じられる。

魔除けが効かない相手、となるとやっかいなモンスターである可能性が高い。

「プリシラさんは中にいてくれ」

「リ、リーフ様は……？」

「僕はリリスさんに加勢してきます。そこそこ、鍛えてますから！」

この奈落の森《アビス・ウッド》で、僕はアスクレピオス師匠からサバイバル技術や戦闘技術を習っていた。

だから、多少の戦闘の心得はある。

「ご、ご武運を……！」

僕は馬車から降りて、そいつと対面する。

『ふわははは！　小さき人間たちよ！　この竜王の餌となるがいい！』

上空にいたのは、でかい……トカゲだ。なんだ、トカゲのボスか。

だが、護衛たちはその場で泡を吹いて倒れている。

ん？　なんでだ。

リリスさんも顔を真っ青にして、まるで幼い子供のようにその場にへたり込み、震えている。

「どうしたんです？　リリスさん？」

「ど、どうした……じゃない。な、な、なんだ……あの、化物は？」

「大きさ五〇メートルくらいの、まあまあでかい……トカゲ？」

くわっ、と竜王とやらが目をむく。

『く、くく……小僧。この竜王を前にして、トカゲだと……？』

「君、トカゲでしょ。村はずれでよく見られる」

しかしこのしゃべるトカゲ、なんで人間……というか僕たちを襲ってくるんだろうか。

北側のトカゲたちは、じーちゃんたちの恐ろしさを知ってるから、人には近づかないのに……。

って、そうか。

ここ、森の南側……つまり、村から遠い場所だからか。

じーちゃんたちも、ここまではめったに来ないし、だから、怖いものを知らないのか、この馬鹿トカゲは。

『愚かな人間め！　この竜王の焔《ほのお》で、一瞬で灰にしてやるぅううううう！』

ぐぉ！　と竜王が胸を反《そ》らすと……。

ゴォオオオオオオオオオオオオオオオオオオ！

吐き出された炎はその場のすべてを、宣言通り灰に変えた。

森の木々は一瞬で燃え尽き、その場に人間がいたなら、瞬殺だったろう。

『ふははは！　馬鹿が。竜王に逆らうからこうなるのだー！』

「どこ見てるの？」

『なぁ!?　なにぃいいいいいいいいいいいい!?』

僕は上空にいたトカゲの、頭の上に立っている。

もちろん、無傷だ。

『ば、馬鹿な!?　我の焔で貴様らみな死んだはず!?』

「死んでないから。後ろ見てみなって」

『後ろだとぉ!?』

竜王がぐりん、と急に頭を動かす。

だがまあ、僕は体幹を鍛えてるので落ちない。

地上には、リリスさんたちと護衛部隊、そして馬車が無傷で存在していた。

『どうなってる⁉』

「君は僕の幻術にはまってたんだよ」

『幻術だと⁉』

僕は背中の魔法バッグから、一つの匂い袋を取り出す。

「幻惑の魔香。かいだ相手に幻覚を見せる特別な匂い袋さ」

薬草学は奥が深い。傷を治すだけでなく、組み合わせることで相手を眠らせたり、痛みを麻痺《まひ》させたりできる。

師匠から教わった薬草学の知識を使えば、相手に任意の幻術を見せる魔香を作ることなんて、造作も無い。

「君は幻の僕たちを焼き払ったんだ。実際には、君は後ろに向かって炎を吐いていたぜ？」

『ばかな……！　竜王であるぞ⁉　魔法への耐性は並のモンスター以上！　そんな我に対して、幻術をこのように高速でかけるなど、不可能！　貴様！　何者だ⁉』

僕はばーちゃんからもらった、薬神の宝刀を取り出す。

手で握って、調剤スキルを発動。

刃が一瞬で黒く染まる。僕の調合した致死猛毒《デス・ポイズン》が刃に付与される。

体がでかいと、触れただけでは相手を即死させられないからな。

「僕が何者か……だって？」

たんっ、と飛び上がって、僕はトカゲの首に向かって、刃を振るう。

細胞を破壊する毒を付与した刃は、無駄にでかいトカゲの首をたやすく一刀両断した。

「今から死ぬ君に、教える義理はないよ……！」

トカゲの首が、そのまま地上へ墜《お》ちる。

僕は軽やかに着地した。まあ、高い崖に自生してる薬草を採ることなんてよくあったので、高所からの落下に対応する体術も習得している。

「す、すごい……リーフ。こんな、竜の化物を倒すなんて……」

リリスさんが声を震わせながら言う。

腰を抜かしてる彼女に手を伸ばす。

「立てますか？」

「あ、ああ……しかし、人語をしゃべって、この大きさ……こいつはおそらくは古竜の一種だろう。それを一撃で倒すなんて……リーフ、おまえは、本当に何者なのだ……？」

またそれぇ？

だがこれに対する答えなんて、一つしか無い。

「ただの、田舎の薬師《くすし》ですよ」

リリスさんはあきれたような、それでいて、疲れたような顔で、深々とため息をついたあと……。

「どこの世界に、古竜をワンパンできる薬師《くすし》がいるんだよぉおおおおおおおおおおおおおおおおおお！」

と怒られてしまった。あれ、僕、怒らせるようなこと、やってしまったろうか……？

☆

「す、すごい……！　なにこれなにこれー！」

馬車に乗ること数日、僕は王都に到着した。

……はじめての都会の街並みに圧倒されてしまう。

まず、隣同士の建物が密着していることに驚いた。

僕の村、デッドエンドではお隣さんといっても、普通に歩いて数十分とかざらだったからな。

次に、人が多すぎることに驚く。

視界いっぱいに人間がいるなんて田舎じゃ考えられない。みんなぶつからないのだろうか。さらに、多様な人種が行き交っている。

「都会なんだなぁ……」

「あの、リーフさん。これからのことを、少し説明しておきたいのですが」

正面に座っているプリシラさんが思い詰めた様子で言う。

そうだ、観光気分になってる場合じゃなかったな。

「これからリーフさんは、わたくしと一緒に当家、グラハム公爵邸に来てもらいます」

「了解です。それで、どんな病気なんでしょう？」

一呼吸置いて、プリシラさんが病名を告げる。

「イマンシ病……です」

「イマンシ病……なるほど。あれか」

「ご存じなのですかっ？」

「心臓と肺の病気でしょう？ 徐々に臓器の機能が弱っていって、手を打たないと死に至る病」

「すごい……すごくマイナーな病気で、医師でも知ってる方がほとんどいなかったのに……」

「師匠からある程度の医学知識は習ってるんです」

アスクレピオス師匠は治癒のスペシャリスト。

あらゆる怪我、病気の治し方を教えてくれたのだ。

「よかったぁ、イマンシ病だったんですね。はぁ～……よかったぁ」

「な、何を言ってるのだリーフ！ 宮廷医師様は、治療方法不明の難病だと言っていたんだぞ！」

「え？ イマンシ病が、治療方法不明……？」

やばい病気っぽかったから、アスクレピオス師匠から習ってないような病気かと思ってたんだが。

杞憂《きゆう》だったようだ。良かった。

「にわかには信じられんのだが……」

「リリス。わたくしは彼を信じます」

プリシラさんは居住まいを正して、僕に深々と頭を下げてくる。

「お嬢様……」

「どうか、母を治してくださいまし。なにとぞ……なにとぞ！」

プリシラさんは僕を信じてくれるようだ。

得体の知れない男に、大事な母を任せることは、大変リスクの高いことだろうと思う。

そう思うのもしかたない。こちらは数日前に会ったばかりの、田舎者なのだから。

けれど、それでも僕の腕を信じてくれると彼女は言った。

……責任、重大だ。だがきちんと仕事はこなしてみせる。

失敗すれば、プリシラさんの信頼を裏切ることになる。

それに何より、僕に無償で技術と知識を教授してくれた師匠の名前を汚すことになる。

「任せてください……！」

がんばろうって、そう思った。

☆

僕たちを乗せた馬車は、王都の中心近くにある、どでかいお屋敷《やしき》の前で止まった。

ここがプリシラさんの家、グラハム公爵邸かぁ。

白くて立派なお屋敷で、思わず美術館ですかと聞きたくなった。

でもあんまりじっくり見ている時間はない。

イマンシ病の治療は、スピードが要求される。

いつ罹患《りかん》したのか不明だが、貴族の娘が危険を承知で奈落の森《アビス・ウッド》まで来るあたり、状況は切迫していることがうかがえる。

馬車を降りて、僕は屋敷の中へ入る。

そして母親の寝室へ案内された。

「お母様……！」

「プリ……シラ……」

ベッドの上には、ものすごい美女が青い顔をして横たわっていた。

額に脂汗、そして、呼吸も浅い……まずい。

「おお、プリシラ！　よくぞ帰ってきた！！」

「お父様！」

四〇くらいのおじさんが、娘に駆け足でよってくる。

ぎゅっ、と正面からハグしている。

「無事で何よりだ」

「お父様……お母様の容体は？」

「……見ての通り、芳しくない。宮廷医師が言うには、今日が山だと……」

僕の見立てでもそんなところだ。

「そんな……」

「プリシラ、無事帰ってきたということは、そこの少年がアスクレピオス様……？」

「いいえ、そのお弟子様ですわ。とても腕の良《い》い薬師《くすし》様です」

「薬師《くすし》……？　治癒術師や、医師ではなく？」

治癒魔法を使って人を治すのが、治癒術師。

医師は医術、薬術を使って治す人たちのこと。

薬師《くすし》は、文字どおり薬を処方して患者の体調管理を行う者をいう。

どっちかというと、病気を治す人ってイメージではないのだろう。

だから、プリシラさんのお父さんは僕に疑いのまなざしを向けてくる。

「お父様、彼を信じて。本当にすごい人なんです」

「……そうだな。おまえがそう言うのであれば、信じよう」

お父さんは僕の前までやってきて言う。

「私はサイファー＝フォン＝グラハムだ。頼む、少年。妻……ディアンヌを助けてくれ」

サイファーさんは、平民の子供である僕に深く頭を下げてきた。

……プリシラさんといい、この人といい、人が好《よ》すぎる。……あのオロカンが悪い貴族だったたってだけなんだな。貴族＝悪い人って決めつけちゃいけない。

「お任せください」

僕はうなずいて、プリシラさんのお母さん……ディアンヌさんのもとへ行く。

意識が朦朧《もうろう》としているようで、僕にも気づいていない様子だ。

「……？ これは……まさか」

僕は魔法バッグから注射針を取り出す。

つぷ……と血管に針を刺して、微量の血を採取。

ルーペを取り出して、採った血を調べる……。

「どうしたのだ？ 少年」

「……奥さんは、イマンシ病じゃありません」

「なっ⁉ なんだと⁉ じゃあ宮廷医師が誤診していたということか⁉」

「はい。このままイマンシ病の治療をしていたら、奥さんは死んでいました」

「そんな……で、では……妻は何の病気なのだ⁉」

僕は、グラハム親子に向けて言う。

【エムジープレス症候群】です」

「えむじーぷれす……症候群……？」

「はい。呪毒によって、強制的に体内の魔力を欠乏させる病気です」

よく似てはいるが、イマンシ病には意識が朦朧とする症状は見られない。

だから、僕は血液の成分を調べて、そこに魔力が全くないことがわかった。

そしてエムジープレス症候群だと診断したのだ。

「そ、それで妻は治るのか⁉」

「ご安心ください。治ります。こっちのほうが、治すのが難しいですが……」

今は、マーリンばーちゃんからもらった、杖がある。

師匠から習った技がある。

僕は魔法バッグから、薬師《くすし》の神杖を取り出す。

さらに、天目薬壺《てんもくやっこ》を取り出した。

「【調剤】」

天目薬壺《てんもくやっこ》の中に保存してある、種々の薬草を、僕のスキルで調剤……つまり薬を作る。

普通ならすごい時間のかかる作業。

しかしこの薬壺には、作業時間短縮の特殊な魔法が付与されている。

「薬は出来ました。続いて、投与を開始します」

薬壺の中の薬を、薬師《くすし》の神杖の先端についてる、宝玉の中に装填する。

そして杖先をディアンヌさんに向ける。

「【投薬】」

薬には適切な投与方法というものが存在する。経口、経皮、静脈注射など。

適した方法で体の中に入れないと、正しく効果を発揮しない。

しかしこの薬師《くすし》の神杖は、使うだけで他者の身体《からだ》の中に、薬を最適な方法で投与することができるのだ。

すぅ……と宝玉の中の薬が減ると同時に、ディアンヌさんの身体が光り輝く……。

そして……。

「う、うう……ここは……？」

「お母様！」「ディアンヌー！」

目ざめたディアンヌさんに、二人が抱きつく。

わんわんと、まるで子供みたいに泣きじゃくる二人に、ディアンヌさんは戸惑っているようだ。

「……身体が……とても楽。いったいどうなっているのです？」

「ディアンヌ！　この少年が、君を治してくれたのだ！」

「……まあ、あなたが」

僕がうなずくと、ディアンヌさんは立ち上がった。

そして、僕の手を握ると、深くお辞儀した。

「……心から、感謝申し上げます。あなたは命の恩人です」

「ありがとうございます！」

親子で涙を流しながら僕に感謝してくる。

村のじーちゃんばーちゃんも、こうして感謝してくれたっけ。

でも……良かった。師匠から教わったことを、ちゃんと実践できて。

命を助けることができて。

「ありがとう少年！　君には感謝してもしきれない！　是非お礼を……」

「いや、サイファーさん。それは後で。それより、緊急に調べないといけないことがあります」

「緊急に……調べる？　何を調べるというのだい？」

僕は、彼の目を見て言う。

「奥さんに毒を盛った犯人です」

「なっ⁉　ど、毒⁉」

この反応……やっぱり気づいていないのか。

僕は説明する。

「エムジープレス症候群の原因は、呪毒と言いましたよね。そうなんです、この病気は自然に発症する病気じゃないんです。悪意ある誰かが、毒を飲ませないと……起こらない病気なんです」

「そんな……！　では……私の妻に、毒を盛った犯人が……」

「はい。だから……僕に任せてもらえないですか？」

「なに？　どういうことだ……？」

僕の仕事は、ディアンヌさんの治療。それはもう完遂した。

しかし犯人を見つけ出さないと、また同じことが起きるに決まってる。

なぜなら……。

「このお屋敷にいる犯人を、僕が、捕まえてみせます」

犯人は、この屋敷の中にいるからだ。

☆

このまま治っても、また犯人の標的にされるだろうと思った僕は、一芝居打つことにした。

王都に到着した日の夜。

僕は、グラハム公爵邸の食堂にいた。

「今日は妻の快気祝いの晩餐会《ばんさんかい》だ！　みな、存分に食べていってくれ！」

食堂の上座に座るのは、グラハム公爵ことサイファーさん。

その右隣に、奥さんのディアンヌさん。左隣にプリシラさん。そして僕。

この屋敷に勤めているメイドやコックなど、全員を集めての晩餐会だ。

「公爵閣下！　遅れて大変申し訳ありませぬ！」

「おお、ワルダクーミ！　遅かったな」

入ってきたのは、ひょろひょろとした体型の、陰気な顔をした男だ。

「……誰です、あの人？」

「……この屋敷の筆頭執事です。お父様の補佐官もしております」

「……なるほど」

ワルダクーミはディアンヌさんを見て、大仰《おおぎょう》に驚いてみせる。

「おお！　ディアンヌ様！　聞いたときはにわかには信じられませんでしたが！　本当に病気から回復なさったのですねぇ！」

「ええ、ワルダクーミ。ありがとう。色々と心配をかけたわね」

「いえいえとんでもない！　奥様が倒れたと聞いたときは、ワタクシ、胸が張り裂けそうでございましたよ！　職を失って途方に暮れていたワタクシを拾ってくださったのは、奥様ですから。恩人が助かって、ほっとしておりますぅ！」

そう言って、ニコニコと笑みを浮かべるワルダクーミ。

「さ、今日は祝いの席だ！　ワルダクーミ、おまえも一緒に席に着け！」

「ええ、ええ、そうさせていただきますぅ」

ちら……とグラハム公爵が僕を見てくる。

僕は鼻を鳴らし、そして……うなずく。

グラハム公爵もうなずいて言う。

「そうだ、ワルダクーミ」

「なんでしょう、閣下」

「たまには、もっと近くで食べないか？」

ワルダクーミは食堂の長いテーブルの、下座に坐《すわ》ろうとしていた。

だがグラハム公爵は、近くに寄れという。

「……そうですわ。私も、たまには下座のほうでいただきましょう」

奥さんのディアンヌさんがうなずいて立ち上がる。

「……さぁ、こちらに。私はそちらの料理をいただきますので、ワルダクーミ、あなたは私がいただく予定だった料理をお食べなさい」

「なっ……!?」

ぎょっ、とワルダクーミが目を剝《む》く。

……どうやら、僕の予想どおりのようだ。

「い、いやいや！　ワ、ワタクシのような下々のものが、閣下の近くで食事なんて……」

「……いいから、ワルダクーミ。さぁ、私が食べる予定だったこの食事を、あなたが食べてみなさい」

「いえいえ！　結構です！」

……強く拒んでいる。

もうこれは確定的だな。

グラハム公爵をもう一度見る。

僕はうなずいてみせた。公爵は、残念そうに首を縦に振った。

「ワルダクーミさん」

「……なんでしょう？　というより、どなたですかな？」

「僕はリーフ・ケミスト。辺境の薬師《くすし》。悪いですが、あなたの悪巧《わるだく》みは、全部お見通しです！」

「ふんっ、何を馬鹿なことを……悪巧み？　このワタクシが？」

どうやらしらを切るつもりらしい。

想定の範囲内だ。

「実は今、あなたが食べようとしてる料理こそが、もともとディアンヌさんの皿だったんですよ？」

「なっ⁉　なぜそんなことを⁉」

「深い意味はないです。さ、食べてください」

ワルダクーミは青い顔をして、目の前の皿を見ている。

「ワ、ワタクシはお腹《なか》がいっぱいでして！　お食事は控えて……」

「遠慮しないでほら！」

僕は近づいて、皿の上のグリルチキンをフォークで取る。

それを無理矢理ワルダクーミの口につっこんだ。

「⁉　んぼっ、げっ、げえー！」

ワルダクーミはすぐさまグリルチキンを吐き出す。

「ば、馬鹿やろぉお！　死んだらどうするんだぁ……！」

毒物を口の中に突っ込まれたんだ、そりゃすぐに吐き出すし、こういう反応をするだろう。

「死にませんよ。だってそもそも料理なんて入れ替えてないから」

「なっ⁉　き、貴様！　嘘《うそ》をついたのか！　なんでそんなことを！」

「間抜けをあぶり出すためです」

「あ……」

……そう、もうこのリアクションで、わかったようなものだ。

「ディアンヌさんのお皿に毒を盛ったのは、ワルダクーミ。あなただ。そして、ディアンヌさんを病気にしたのも……！」

「ち、ちが……違う！　ワ、ワタクシは何もしていない！」

「じゃあなんで、グリルチキンを口にして、吐き出したんです？　毒物が入ってるって、わかっていたからじゃないの？」

「ぐ、ぐぅう……そ、それは……」

反論できないのか、ワルダクーミがぷるぷると震えている。

「く、くそぉおおおお！」

ワルダクーミが懐に手を突っ込む。

拳銃を取り出し、ディアンヌさんに銃口を向ける。

僕はすぐさま薬師《くすし》の神杖をやつに向けてスキルを発動した。

「【調剤：麻痺毒《パラライズ》】」

「ぐがぁ……！」

僕の調合した麻痺毒が、ワルダクーミの身体をしびれさせる。

彼はその場にどさっ、と倒れ伏す。

「な、ぜ……料理に、毒を盛ったとわかった……」

「簡単だ。僕は、今日の晩餐会に出される料理の、毒味を行ったからだ」

「毒味……だと？」

僕はディアンヌさんの席まで行き、グリルチキンを手に取って、戻ってくる。

そしてそれをワルダクーミの目の前で食ってみせる。

「ば、かが……！　毒で死ぬぞ！」

「そうですね。今回のは無味無臭の即死毒。だが……僕には効かない」

「ば、かなぁ……どうして？」

「僕が【毒無効】の体質だから」

それを聞いてプリシラさんが訊《たず》ねてくる。

「毒が効かない体ということですか？　スキル……でしょうか？」

「いいえ、単純に体質。小さい頃から、修業の一環で、少量の毒草や毒性のある物を食べてたら、気づいたら毒が効かない体質になってたんです」

毒にもなり得る薬を取り扱う以上、その効果を正しく理解しておく必要がある。

師匠の教えで、僕は小さい頃から自分の体で、毒を使った実験（※修業）を行っていた。

微量の毒を少しずつ摂取していった結果、あらゆる毒が効かない体質になっている。

ちなみにこの【毒無効】体質を利用して、面白いことができるのだが……まあそれは追々。

「し、しかし……しかし！　毒が入っていたからといって、ワタクシが入れた証拠がどこにある⁉」

「匂いです」

「匂いだと⁉」

僕は自分の鼻を指さす。

「僕は、鼻が良いんだ。小さい頃からいろんな薬草や毒花を嗅いできたから」

毒の判断において、匂いも重要な要素だということで、嗅ぎ分ける訓練もしてきた。

その結果、鋭い嗅覚を手に入れたのである。

「ばかな！　無味無臭の毒だぞ⁉　匂いなどするわけがない！」

「食堂には残ってました。あなたの、あなただけが、髪につけてる、ポマードの匂いが」

この筆頭執事はさっきまで外出していたと、グラハム公爵から聞いた。

外に出ていた人間が、なぜ主人への挨拶より先に、食堂に現れるのか……？

それはディアンヌさんの料理に、こっそり毒を盛るために他ならない。

「異次元に鋭敏な嗅覚に……毒無効の体質だと。貴様……サイファーの雇った毒味係か⁉」

「いや、ただの辺境の薬師《くすし》ですよ」

「貴様のような薬師《くすし》がいてたまるかぁ……！」

さて、ディアンヌさんの暗殺はこうして未然に防げた。

これにて、一件落着だな。

グラハム公爵が、倒れているワルダクーミに、悲しげなまなざしを送る。

「ワルダクーミ……なぜ、こんなことを……？」

「く、くく……くはははは！」

にやりと、邪悪な笑みを浮かべるワルダクーミ。

「決まってるだろ！　ワタクシが……人間の敵だからだぁ……！」

その瞬間、ワルダクーミの顔に模様が発生する。

そしてやつの身体が、ぼこぼこと隆起しだした。

側頭部からにゅっと角が生え出す。

「その模様に……角……まさか！　貴様は……！　魔族！」

グラハム公爵が信じられないといった目を、ワルダクーミに向ける。

どんどんとデカくなっていくこいつが……魔族？

『ふははは！　そうだぁ！　王国を内部から侵食していくつもりだったが、こうなっては仕方あるまい！』

どんどんとでっかくなっていくワルダクーミ。

「そんな……！　魔族が王国内部にスパイとして入り込んでいたなんて！」

「お逃げください、皆様！」

女剣士であるリリスさんが剣を抜いて、ワルダクーミに剣先を向ける。

だが……かたかた……と震えていた。

竜王のときと同じだな。戦いに対してトラウマでもあるのだろうか。

『ふははあ！　無駄だぁ！　ワタクシの戦闘力は人間《サル》を遥《はる》かに凌駕《りょうが》して……』

「【調剤：睡眠薬《スリープ》】」

『や……ぐぅう……』

どさり……！　とワルダクーミがその場に倒れる。

「「「え？」」」

「【調剤：致死猛毒《デス・ポイズン》】」

じゅぉ……！　とワルダクーミがその場でドロドロに溶けて、あとには何も残らなかった。

「「「え……？」」」

「あれ？　なんかまずかったです？　敵っぽかったから、倒したんですが……」

てゆーか、敵のくせにべらべらとしゃべりすぎだ。

こんなの、倒してくれと言わんばかりじゃないか。

「す、すごい……すごすぎる……魔族を、ワンパンだと……？」

ぽかんとしていたリリスさんが、声を震わせながら言う。

「え、あれだけ隙だらけだったら、あんなの誰でも簡単に倒せますよね？」

口を大きく開いていたリリスさんが、やがて怒りで声を震わせながら言う。

「どこの世界に、魔族をワンパンできるやつがいるっていうんだよぉおおおおおおおおお！」

「え、ここにいますけど？」

「あんたは異常なんだよぉおおおおおおおおおおおお！」

え、なんで僕、怒られてるんだ……？

するとグラハム公爵は、泣きながら僕の手を握って、何度も頭を下げる。

「ありがとうリーフ・ケミスト君……！　君は妻の命の恩人であるだけじゃなくて、王国を救った……英雄だ！」

そんな大げさなことを言われる。

英雄……？

ははっ。

「何言ってるんですか。英雄なわけないですよ」

英雄っていうのは、アーサーじーちゃんやマーリンばーちゃんたち、デッドエンド村のじーさまばーさまがたのことをいうんだ。

あの人らと比べたら、まだまだ、僕はひよっこもいいところだもんな。

☆

魔族のたくらみを阻止した翌朝。

僕はプリシラさんのお屋敷の前に立っていた。

「本当に……本当に、行ってしまわれるのですか？」

プリシラさんが、悲しそうな目で僕を見上げてくる。

その涙にぬれた目を見ていると、なんだか申し訳ない気持ちになるが、僕は考えを変えない。

「はい。あんまりよそ者が長居してても、ご迷惑でしょうし」

「そんなまさか！　迷惑なわけがありません！」

プリシラさんが僕の手を強く握る。

やわらかい、女の子の手だ。

けれど力いっぱい握ってくる。まるで、僕を離したくないって、そう思ってるようだ。

「リーフさんはグラハム家の命の恩人で！ しかも魔族のたくらみを防いだ、英雄なのですから！」

「英雄って……大げさですよ。病気を治療して、悪人を成敗しただけですし」

どちらも大して苦労していないので、あんまり大きな恩を感じてもらいたくなかった。

それに、英雄なんてほんと、僕にはまだまだふさわしくない。

本物を、僕は知ってるからな。マーリンばーちゃんたちと比べたら、僕なんてまだまだだ。

「強いだけでなく、こんなにも謙虚であられる、素晴らしいお方。あなた様こそ英雄にふさわしいのに……なぜ、表彰を断ったのですか？」

サイファーさんから言われたのだ。

国王にこの件を報告し、僕を英雄として表彰したいって。

けれど僕はそれを断った。

本当に大したことをしたって思ってないし。

それに表彰なんてされたら、魔族のたくらみが国のみんなに知られることとなり、余計な不安を与えてしまうだろうから。

だから、魔族の件については、内々で済ませてほしいと考えて、僕は表彰を辞退したのである。

「あなた様が望めば、地位も名声も思うが儘《まま》なのに」

「そんなのはいらないです。僕が欲しいのは……自由だから」

決めたんだ。もう僕は、誰にも縛られずに生きると。

元婚約者《ドクオーナ》に束縛され、奴隷のように生きていた。あんな人生はもうまっぴらごめんだから。

「でも……でも、わたくしは、あなた様に出て行ってほしくないです。ずっと、そばにいてほしくて……」

「プリシラさん……それはできないです。僕は無名のよそ者だし、知人でも友人でもない立場で、この屋敷にはいられない」

グラハム公爵夫妻からも、是非にと言われたが、それも断った。

やっぱり赤の他人が家にいるのはよくないし、何より僕が申し訳ないと感じる。僕みたいな田舎の平民の子供に、メイドさんや執事さんたちがすごい気遣いをしてくれるのがね。

「それに、もう先約があるから」

「先約ですか……？」

「はい。王都にいる、マーリンばーちゃんのお孫さんのとこで厄介になるんです」

「マーリン様の、お孫様……」

森の中で、ばーちゃんから『王都へ行くなら孫のとこに厄介になるといい。話はしておくから』と言われたのだ。

どうやら王都で店をやっているらしい。

お孫さんには会ったことないけど、良くしてくれたばーちゃんのお孫さんだし、全くの赤の他人とは言いがたい。

「これからどうするのですか？」

「お孫さんのとこを拠点として、冒険者としてやっていきます。しばらく王都を離れるつもりはないから、用があったらいつでも訪ねてください。たしか、彗星《すいせい》工房ってとこ」

「彗星工房ですね。わかりました」

プリシラさんは何度も何度も、何かを言おうとして、けれど、首を振った。

さきほどまでの悲しそうな目から一転して、決意のこもった目で僕を見上げながら、手を放す。

「リーフさん。今回は本当に、ありがとうございました。わたくしはこのことを一生忘れません。あなた様が何かお困りの際は、なんでもお申しつけくださいまし。必ず、命に代えても、あなた様のお役に立ちますので」

命に代えてもなんて、冗談かと思った。

けれどもあんまりに真剣な表情だったから、冗談ではないのだろう。

師匠から受け継いだこの力で、人を幸せにすることができた。それがとてもうれしかった。

「ありがとうございます。じゃ、また」

「はい！　また！」

僕は確かな達成感を胸に、プリシラさんに手を振って、マーリンばーちゃんのお孫さんのいる、【彗星工房】へ向かうのだった。

《サイファー Side》

薬師《くすし》リーフが去っていく姿を、プリシラ＝フォン＝グラハムはずっと見送っていた。

やがて彼が見えなくなると、静かに涙を流す。

「プリシラ……」

「お父様」

グラハム家当主サイファー＝フォン＝グラハムは、妻ディアンヌとともに、娘に近づいて抱きしめる。

彼との別れを惜しみ、涙を流す娘。その頭をサイファーたちは、優しくなでる。

「あのお方は、いずれ必ず英雄となるお方。わたくし一人が縛り付けてはいけない。いつか、絶対に大勢を救う人となるから……」

自分に、そう言い聞かせるプリシラ。

けれど本心では、彼にそばにいてほしいと思っていた。

「そうだな。プリシラ。おまえの言うとおりだ。あの少年は必ず大成する。だからこそ、だよ」

「え？　だからこそ……？」

「ああ。今は行かせてあげなさい。今はまだ、彼は単なる田舎から出てきた若者にすぎない。おまえと結婚するとなったら、余計なことを言う輩《やから》も多いだろう」

平民と貴族が結ばれることは、この世界ではありえないことだ。

しかし、実績を積み、英雄ともなれば、王家から貴族の位を賜ることもあるだろう。

「……お父様の言うとおりよ。私の可愛《かわい》いプリシラ」

母ディアンヌが優しくプリシラを抱きしめる。

「……リーフさんのあの規格外の知識、技術、そして……戦闘力。あんなにもすごい存在が、日の目を見ないわけがありません。ここ王都でなら、評価される機会は田舎よりも多いでしょう。そうなれば、彼は驚くべきスピードで出世していく」

にっこりと、ディアンヌが笑う。

「……そのときは、すぐ来ます。そのときに、誰よりも早くあの殿方を捕まえられるように、あなたは今は女を磨き、準備をしておくべきなのよ♡」

「はい！　お母様！　わたくしも、リーフさんの伴侶にふさわしい女になるべく、今まで以上に切《せっ》磋琢磨《さたくま》します！」

「……根回しはお母さんに任せなさいっ。大丈夫、私ね、社交界に友達がたくさんいるのよ♡　邪魔者はお母さんが排除してあげるから♡」

うふふ、と黒い表情で笑う妻に、サイファーがあきれたようにため息をつく。

だが元気になった妻を見て、満足げにうなずいた。

「彼には大きすぎる恩ができてしまったな。私が生きている間に、返しきれるだろうか」

だが、絶対に、残りの人生をかけて彼に恩を返そうと、サイファーは固く決意する。

愛する妻と子、どちらの命も救ってくれたのだから。

こうして……リーフはグラハム公爵家とつながりができた。

彼は知らない。グラハム家がこの王国において、三大名家と呼ばれる大きな影響力を持つ家であることを。

彼は知らない。グラハム公爵夫人ディアンヌは、現国王の妹であることを。

王家にもつながりのある、プリシラとその家族を助けたことで、リーフの人生は、どんどんと良い方向へ変わっていくのだった。

《オロカンSide》

薬師《くすし》のリーフは、王都での新たなる一歩を踏み出した。

一方そのころ、王都北方に存在する王国の領地、ヴォツラーク領にて。

ここは真北に奈落の森《アビス・ウッド》と呼ばれる、恐ろしい魔物がうろつく魔境が存在する。

そんな魔の森の管理を、ヴォツラーク領の領主、オロカン゠フォン゠ヴォツラークは任されていた。

さて、そんなオロカンはひとり、執務室でほくそえんでいた。

テーブルの上に載った、山ほどの金貨を前に。

「ぐふふ！　やはり我が輩の睨《にら》んだとおりである！　あの老人ども、かなり金を持ってるのである！」

この金は、リーフの故郷であるデッドエンド村の老人たちに、薬を法外な値段で売り付け、手に入れた金である。

通常の五倍の値段で売っているのだ。

本来ならそんな値段では買わないだろうが、競合相手がおらず、また街まで行けるだけの体力のない老人どもなら、こんな高い値段にしても必ず買うだろうと思ったのだ。

「狙いドンピシャである！　やはり我が輩の商才は半端じゃないのであるな！」

金貨の山を見てうっとりとした表情を浮かべる。

老人につけこんで金を得ているというのに、この顔だ。

「今後も金を搾れるだけ搾り取ってやる。ぐふふ……どーせ老い先短い老人どもだ。金なんていくらも必要ないだろう……なら我が輩が回収し、有効活用させてもらう……箪笥《たんす》の中に金貨を眠らせるより、よっぽど有意義であるなぁ！　ぐふ！　ぐふふふふ！」

……とまあ、このように、オロカンは老人をしめつけても何の罪悪感も覚えていないのである。

「しかし運が向いてきたな！　我が輩が領主になってから、魔物の出現は極端に減ったし、あの村にいた若くてきれいな女もゲット。さらに薬屋の弟子とかいうガキも追い出せて、我が輩もう順風満帆すぎて怖いくらいである！」

ヴォツラーク家は別名、魔物番と呼ばれる。

彼らはもともと、辺境に暮らすだけの平民だったのだ。

しかし先々代、つまりオロカンの祖父が村人のために魔物と勇敢に戦った。

その功績が認められ、貴族の地位をもらい、この地を領地として王家から賜ったのだ。

魔物の脅威から王国を守っているゆえの、貴族の地位。

……裏を返すと、魔物から領地を守れなくなったら、ヴォッラーク家は滅んでしまう。

だからこそ、祖父、そして父も、必死になって領民と国のために、魔物と戦い続けた。

しかしオロカンの代となって、急に【魔物がなぜか襲ってこなくなった】のである。

その理由は、【リーフの魔除け】によって、魔物が人里を襲わなくなったからなのだが……。

オロカンは愚かにも、自分がいるから、と手柄を己のものにしたのである。

「やはりすべてが順調！　我が輩は、神に選ばれた天才なのである！　ぐふふ！　あーっはっはっは！」

……と、オロカンが調子に乗っていられたのも、ここまでだった。

「オロカン様」

「ん？　なんであるか？」

部下の一人が部屋に入ってきた。

金貨を手に取って磨く彼に、部下が報告する。

「先日ご相談した、防衛強化案について、お返事いただきたいとアイン村の村長から申し入れがありました」

「防衛強化ぁ？　なんであるかそれは」

部下は目を丸くしたものの、改めて報告する。

「せ、先日から何件か、アイン村で魔物による被害が出ているのです」

「アイン村……はて、どこだったのである？」

「……奈落の森《アビス・ウッド》から一番近い村です。なぜか、先日から魔物がうろつくようになったのです」

ふーん、とオロカンはそっけなく返事をする。

「繁殖期なのであろう？　ちょっと増えてるだけだ。またすぐ落ち着くのである」

「しかし異常です……オロカン様の代になってから魔物出現数がゼロだったのに……」

「あーあー、もううるさいのである。今日はこれから、【大事な客】が来るのである。そんな村のことなんて、気にしてる暇はないのである」

そう、このあとオロカンは、大手の取引先と商談を行う予定だったのだ。

彼は立ち上がって姿見に全身を映しながら、身なりを整える。

「ちんけな村の被害報告なんて、金にならんのである。大事なのはこれから来る客なのである！」

と、そのときだった。

別の部下が部屋に入ってきて、オロカンに報告する。

「オロカン様。お客様が到着されました」

「おお！　そうか！　今行くのである！」

オロカンはウキウキしながら部屋を出ていく。

村の被害報告を持ってきた部下が「オロカン様！　今手を打たないと取り返しがつかなくなりま

すよ！」と口をはさんできたが……。

「おまえ、クビ」

「なっ⁉　どうして⁉」

「我が輩の仕事の邪魔をしたからである。クビである。さっさと荷物をまとめて消えろである」

「そんなぁ……」

あっさり部下を切って、オロカンはその場を後にする。

そして応接室へやってきた。

「おお、これはこれはジャスミン殿！　お久しぶりであるなぁ！」

応接室で待っていたのは、赤いスーツを着込んだ美女、ジャスミン・クゥ。

彼女は世界最大規模の商業ギルド、【銀鳳商会《ぎんおう》】のギルドマスターである。

赤メッシュを入れたボリュームのある白髪、そして胸。

若くしてギルマス（※ギルドマスター）へと上り詰めた手腕。

そしてなにより、世界に影響を及ぼす財力と権力。

ぜひとも、今後とも仲良くしていきたい商売相手である……。

昔から、なぜか続くこのギルドとのつながり、自分の代で途絶えさせるわけには絶対にいかない。

だから、何があっても、絶対にジャスミンを怒らせてはいけない。

……しかし、ジャスミンは不愉快そうに顔をしかめていた。

「ど、どうしたのであるか、ジャスミン殿」

「……単刀直入に用件だけを伝えよう」

じろりとオロカンをにらんだ後に、彼女が言う。

「我がギルドはヴォツラーク領との縁を切る」

……一瞬、何を言っているのかまったくわからなかった。

あまりに信じられない内容に、聞き間違いだと、最初は思った。

「……話は以上だ。ワタシは忙しい。ではな」

こちらを一瞥《いちべつ》もせず部屋を出て行こうとするジャスミンを見て、ようやくオロカンは窮地に陥っていることを悟る。

つまり先ほどの縁を切るという話は、本当であると。そのそっけない態度から理解した。

「お、お、お待ちくださいジャスミン様ぁあああああああああ！」

オロカンはジャスミンの前に立ち、両手を広げて行く手を塞ぐ。

何が起きてるのかわからない。ただ、今ギルドに捨てられそうになっているのは明らか。

そして……ヴォツラーク領にとってギルドとのつながりが失われることは、致命傷となる。

「どうして縁を切るなんて突然！　我が輩何かしてしまったでしょうか⁉」

「ああ。君は虎の尾を踏み、竜の逆鱗《げきりん》に触れてしまったのだよ」

「虎……竜……？」

いきなり抽象的すぎて話についていけなくなった。

ジャスミンは大きくため息をついて説明する。

「ワタシが何故《なぜ》君の領地と取引していたか理由を知りたいかい？」

「それは……才能のある我が輩がこの領地にいるからであって、うまみのある話だからでは？」

「全く違う。……なんだその高すぎる自己評価は。君に才能などない。まったく、これっぽっちも」

「なっ⁉　なんですとぉ⁉」

一瞬頭が沸騰しかけた。

だが怒りを口にする前に、ジャスミンが説明する。

「君がワタシの恩人を怒らせた。だから、ワタシは君との取引をやめることにした」

「恩人ですと⁉」

「ああ。デッドエンド村の、アーサー氏だ」

「デッドエンド……村……？」

それは、奈落の森《アビス・ウッド》を挟んで向こう側にある、辺境の村だ。

オロカンの未来の妻ドクオーナがちょうどそこに住んでいて、老人どもに薬を高値で売っている。

「ワタシはあそこの村の村長、アーサー氏に救われた過去があるのだ」

「あの村に、恩人が？」

「ああ。ワタシがここへ来る理由は、別にヴォツラーク領に用があるからではない。アーサー氏、そして配偶者のマーリン氏に用事がある。ここは通過点に過ぎないのだ」

つまりジャスミンがここと取引をしているのは、目的地手前の補給地点として、拠点を置きたかったから。

彼女の目当ての人物は、オロカンではなかったのだ。

「な、なぜあの村の人が、我が輩に対して怒ってるのでありますか⁉ 我が輩は、老人たちが困らないよう、薬を売ってあげてるんですぞぉ⁉」

相場の何倍もの値段とは、言わなかった。それを言ったらさらにジャスミンを怒らせるだろうことは明らかであるのだから。

……もっとも、それが老人たちを怒らせてるとはみじんも思っていない。

「そうだ、あの村の住人の体調管理は、我が婚約者ドクオーナが！　あの治癒神アスクレピオスの孫娘が！　担っているのですぞ！」

ふぅ〜……とジャスミンがため息をつく。

「その女には、別に婚約者がいたのだと聞いたが？」

「そ、それは……」

「リーフ・ケミスト君、だったかな。ドクオーナは元々あの子と結ばれる予定だったが……それを、君が奪った。そうだね？」

「あ……は、はい……そ、それが……？」

……オロカンの最大の欠点は、金と若い女にしか興味がないことだった。

あの村に存在する老人たちに、少しでも興味を割いていれば……。

あるいは、ドクオーナの元婚約者に対して、もっと関心を持っていれば……。

「あの村のご老人たちはね、リーフ・ケミスト君を、それはそれは、愛してるのだよ」

「なっ、なっ、なんですとぉおおおおおおおおおお⁉」

初耳だった。

ジャスミンの発言が正しいのならば、まずい。まずい！

自分は、老人たちが大事にしている男《リーフ》から、女《ドクオーナ》を奪ったことになる。

大商人ジャスミンが、大事にしている人の、大事な人を……。

自分が、傷つけたことになる。

……なんてことだ。

まさか、あのさえない平民が、そんな重要人物だったなんて……！

オロカンは非常に後悔した。

あのとき、村から追い出すんじゃなくて、せめて金を積んで置いておけばよかった！

自分の女となったドクオーナから、元婚約者を遠ざけたかったのだ！

気持ちが移るなんてことが、万が一にもないようにって！

それが失敗だった！　くそぉ！　……とオロカンは頭を抱えて、大いに後悔する。

そんな様子を冷ややかに見下ろしながら、ジャスミンが告げる。

「ご老人たちはたいそう、お冠だ。ワタシはあの人たちに恩義を感じている。あの人たちが君を許さない以上、君とこれ以上の商取引は行えない」

ざっ、とジャスミンがオロカンを押し退けて出て行こうとする。

「ま、ま、待ってくだされぇえええええええええええ！」

なんとしても、彼女をつなぎ止めなければ！

オロカンはジャスミンの足にしがみついて、泣きながら頭を下げる。

「貴女《あなた》の恩人たちを傷つけてしまったことは謝罪するのである！　なので、どうか……！」

「……ワタシに頭を下げられても困る。怒ってるのはアーサー氏たちだ。彼らが許すというのなら考え直してもよい」

やった……！

わずかな勝機を、オロカンは見いだした。

ようするに、ドクオーナの元婚約者を連れてきて、謝ればよいのだ。

婚約も、形式だけ解消すればいい。裏で今のまま付き合っていればよいし、なんだったら妾《めかけ》としてドクオーナを置いておけばよい！

やった……！　見えたぞ、一縷《いちる》の希望が……！

……だが。

「オロカン様ぁん～♡」

……最悪のタイミングで、最悪の人物が彼の元に帰ってきたのである。

そう……ドクオーナだ。

彼女は、ジャスミンを知らない。……そして。

「あの村のジジイババアたちから、金をぶんどってやりましたよ～♡」

……高らかに、そう言った。自分の手柄を褒めて欲しい一心で、客がいることに気づいていなかったのだ。

「うふふ～♡　馬鹿なジジババどもに、いつも通り五倍の値段で薬を売りつけてやりました～♡」

……しまった。知られてしまった！

ゆっくりと、オロカンはジャスミンを見やる。

「………………ほぅ」

その冷え切ったまなざしは、もう……オロカンを敵としか見ていないようだった。

「あ……ああ……ち、ちが……これは……ちがう……」

「……もういい。帰る。不愉快だ」

ばっ、と身を翻して、ジャスミンが去って行く。

「お、おまちくださいぇえええええええええええええええ！」

だがジャスミンは懐から転移結晶……特定の場所へ転移する魔道具をつかって、一瞬でいなくなった。

「あ……ああ……そん……な……」

オロカンが老人たちに対して行っていた悪行が、バレてしまった。

これでもう……二度と、取引はしてくれないだろう。

「どうしたのですかぁ、オロカン様ぁん？」

……この、馬鹿女は。

状況を、何も理解していなかった……。

「この……馬鹿がぁあああああああああああああああああ！」

ばちんっ！　とドクオーナの頬を強くひっぱたく。

「きゃあ！　な、なにするのよっ⁉」

「うるさいうるさい！　貴様のせいである！　貴様がいけないのだ！」

「はぁ⁉　意味わからないんですけどぉ⁉」

醜く言い争う二人に、さらに、追い打ちをかけるように……。

「で、伝令ですオロカン様！」

「なんだ⁉　取り込み中だ！　あとにしろ！」

部下が顔を真っ青にしながら、彼に言う。

「魔物大行進《モンスター・パレード》です！　魔物の大群が、ヴォツラーク領に襲いかかってきましたぁ！」

……愚かな男と、愚かな女の不幸は、続く。

第三章　「薬師《くすし》、王都で無自覚に無双する」

僕はマーリンばーちゃんからもらった地図を頼りに、お孫さんの店へやってきた。

「彗星《すいせい》工房……ここだ」

レンガ造りのこぢんまりとした家だ。

田舎のばーちゃんちを思い出して、ほっとする。

プリシラさんの家はでかすぎてどうにも落ち着かなかったんだよな。

「今日から新生活……か。よし、がんばるぞ！」

僕は工房の扉に手をかける。

……ぱきぃん！

「ん？　あれ、気のせいかな……あれが発動したような……気のせいか」

僕はドアを開ける。

中には、所狭しと呪具やら何に使うのかわからないアイテムやらが、びっしりと詰められた棚が並んでいる。

人形とか、何に使うんだろうか……？

しかし、なかなかおしゃれなのではないだろうか。

このわら人形も、かなり良《い》いデザインしてると思う。

っと、店の中ばかりに気を取られてはいけない。

まずは挨拶からだ。

「あのぉ！　すみませーん！」

しーん……。

「あれ？　ここ店なんだよな……どうして誰も出てこないんだ……すみませーん！」

「あー……う〜……」

店の奥から、ゾンビみたいな声が響いてきた。

なんだ、やっぱり人がいるんじゃないか。

僕は声のした方へと向かう。

手前が店みたいになっていたが、奥は生活スペースのようだ……が。

「なんじゃこりゃ……」

ものがごっちゃごちゃしていた。

店スペースはある程度まとまっていたのに、こっちはどこもかしこも物が置いてある。

てか、汚《きたな》！　普通に部屋の隅に蜘蛛《くも》の巣《す》が張ってるし、床には食べ物のかすやら油やらが垂れている。

そして、洗濯物が洗われずに積まれてるし、極めつけは台所……。

「ひぃい！　なんだこれ⁉」

洗われずに放置されている食器類からは異臭が漂っていた。

ヘドロみたいな色の水が流れずに溜まってるし。

「これは……ひどい」

店はまともなのに、こっちのスペースはほんとに汚い……。

掃除はどうなってんだ……？

「しかし……う、うう……これは……ぐぅ……」

なんだか、見てられない。

この汚物空間を、ほっとけない。

ずっと今まで、あのパワハラ幼馴染に掃除洗濯を任されてきて、僕自身もなんだかきれい好きになってしまったのだ……。

そんな僕にとって、この汚すぎる空間は、耐えきれなかった。

「家主さん。すみません……挨拶の前に、少し……掃除します！」

僕は魔法バッグを置いて、中から種々の薬草を取り出す。

「【調剤：聖洗剤《スーパークリーナー》】」

作り上げたのは、薬草と油を混ぜて作られた特別な洗剤だ。

どんな頑固な汚れも一発できれいになる、すばらしい洗剤である。

近所のばーちゃんから教えてもらって作ったこの洗剤を使って、僕はお掃除を開始したのだった。

☆

それから数時間後。

ふらふら……と部屋から一人の女性が出てきた。

「うー……」

「あ、出てきた。おはようございます」

きれいな人だ。

金色の流れるような長い髪に、メリハリのきいたボディ。

パンツに、キャミソールというだらしのない格好をしていなければ、街を歩いていたらきっと一〇人中全員が振り返るだろう。

目が大分死んでいらした。腫れぼったいまぶたをしょぼつかせながら、ふらふら台所へ行こうとする。

「みずぅー……頭痛いぃー……」

「あ、じゃあこっち飲んでください」

僕はすぐさまスキルで目当てのものを作り、コップをお孫さんに渡す。

彼女はそれを受け取って一口飲むと……。

「⁉」

一発で、目がしゃきーん、とかっぴらいた。

「なにこれ⁉　めっちゃ美味《おい》しい！」

ついさっきまで半分寝ていたお孫さんが、一気に覚醒する。

「そっか良かったです」

「うまいわぁ～。これなんて飲み物？」

「完全回復薬《エリクサー》です！」

「ぶぅ～～～～～～～～～～～！」

お孫さんが、口から完全回復薬《エリクサー》を吹き出す。

あ、あれ？

「口に合いませんでしたか……？」

「いやそういうわけじゃないよっ⁉」

じゃあなんで吹き出したんだろうか……？

お孫さんは戦慄の表情を浮かべながら、恐る恐る、僕の渡した薬を見やる。

「【鑑定】」

ブォン、と彼女の【目】が青く輝く。

これは多分、鑑定スキルだろう。

ものに秘められた情報を見抜くことのできるスキルだ。

村のばーちゃんたちが持っていたので知っていた。

「ほ、本当に完全回復薬《エリクサー》じゃないのよっ！」

「ええ、そう言いましたけど」

「なんで完全回復薬《エリクサー》なんて高価なもの持ってるの⁉」

「え？　いや普通に手持ちの薬草でパパッて作っただけですけど」

「作ったあぁあああああああああああああああああああ⁉」

何を叫んでいるのだろうか、この人……。

「はい、今」

「今ぁあああああああああああああ⁉」

困惑するお孫さん。

あれ、僕何かやっちゃっただろうか……？

「いや普通に完全回復薬《エリクサー》作れるの、おかしいから」

「おかしいって……薬師《くすし》なのに完全回復薬《エリクサー》程度しか作れないのがおかしいってことですか？」

びきっ、と額に血管を浮かべてお孫さんが叫ぶ。

「異常だって言ってるのよっ！」

「そんな、異常なほど出来が悪いってことですか？」

「すごすぎって言ってるのよおおおおおおおおおおおおおおおおおおおおおおおおおおおおおおおおお！！！！」

ややあって。

寝間着から着替えたお孫さんと、僕はリビングで相対している。

ある程度の事情を話した。

「なるほど……じゃあ君が、マーリンおばあさまが言っていた……英雄村の子ね」

「あ、はい。えいゆうむら……？」

「あの村の俗称よ。引退した英雄たちがいっぱいいいたでしょ？」

「ええ、そりゃもう」

なるほど、とお孫さんが得心がいったようにうなずく。

「じゃあ完全回復薬《エリクサー》作れてもおかしくないわね……あそこ、異常だから……」

「異常？　いやみんな正常ですよ。体調は」

「体調の話してんじゃないのよ……はぁ……まあいいわ。自己紹介しておきましょう」

こほん、とお孫さんが咳払《せきばら》いする。

「わたしはマーリンおばあさまの孫、彗星の魔女マーキュリー」

「マーキュリーさんですね。初めまして、僕はリーフ・ケミスト。薬師《くすし》やってます」

「薬師《くすし》……？」

彼女が首をかしげる。

「錬金術師じゃなくて？」

「はい。僕は錬金術を使えません」

「そのわりに、完全回復薬《エリクサー》なんて高度な薬を作ってたじゃない。アレは錬金術を使わないの？」

「はい。使いません。薬学知識で薬草などを組み合わせて作ります」

「ふぅん……ちなみに、誰から教わったの？」

「アスクレピオス師匠です」

ぶっ……！　とマーキュリーさんが吹き出す。

「えええええええええええ⁉　ち、治癒神じゃないのぉおおおお⁉」

「え、はい。なにか驚くとこですか？」

「世界最高の治癒神じゃないのよっ！」

「はい！」

「はいっ……って、どれだけすごい人なのか、ほんとにわかってる？」

……言われてみると、確かに師匠の過去の功績って、僕、知らないな。

僕の顔を見て、知らないことを察したのか、はぁ～……と深々とため息をつく。

「かつて世界を救ったことのある人なのよ。あの人がいなかったら、人類が滅亡していた。それほどまでにすごい治癒の神なの」

「おお！　すごい……！　さすが師匠！」

「……この調子じゃ、色々と常識を知らないみたいね」

「常識？」

びしっ、とマーキュリーさんが僕に指を差す。

「まず、家に鍵がかかってるのに、勝手に入って来ちゃだめ」

「鍵……？」

なんだろうかそれ……。

「あの村だと、家に鍵をかけるなんてこと誰もしてなさそうだから知らないだろうけど、王都じゃ、家には鍵をかけておくものなのよ」

「へえ……じゃあ、あの呪術を、どこもみんなドアにかけてるんですか？」

それよ、とマーキュリーが指さす。

「わたしの家には、麻痺《まひ》の呪術がかけてあったわ。防犯用にね。なのに、それが壊れていた。あなたがやったのね？」

「そうですね。僕に呪術は効かないんで」

毒無効の体質は、呪いすら無効化するのである。

「てゆーか、ドアに呪いがかかってちゃ、間違って人に呪術かけちゃうことないです？」

「あのね、ドアに【CLOSE】って書いてあったでしょ？　普通の人は、その時点で引き返すものなの。それでも無理矢理入ってこようとする人に、発動する仕組みなの」

「へえ……」

だめだこりゃ……とマーキュリーさんが頭を押さえる。

「……てゆーか、わたしの渾身《こんしん》の呪術を受けて、普通にしてるとか……どんな体質よ」

「毒無効体質です」

「だから！　なんで毒を無効化するだけの体質で、わたしの作った最高の呪術を打ち破ってるのかって聞いてるのよ⁉」

「さぁ……？」

そう言われても効かないものは効かないんだから、それ以上答えようがないのだが……。

「ま、まあいいわ……とにかく、これから一緒に暮らしていく以上、常識も覚えてもらうからね」

「それはもちろん。ご指導よろしくお願いします」

「はあ……って、ん？　なんか、部屋きれいになってない……？」

ひとしきり事情を聞いて、心に余裕が出来たのか、マーキュリーさんが周りを見て言う。

汚れていた部屋は、僕がぴっかぴかにしておいたのだ。

「寝てる間に掃除しておきました」

「へえ！　ありがとう……助かるわぁ、わたし掃除苦手で」

あ、やっぱりそうなんだ……。

てゆーか、あんな汚い部屋でよくなんとも思わなかったな……普通片付けなきゃってならない？

「って、ん？　んんぅうう⁉」

僕が磨いた床を見て、彼女が目をむく。

「り、リーフ君……なんか、床が異常にぴっかぴかしてない？」

「あ、はい。特製の洗剤で磨いたんで！」

「いや……いやいやいやいやいや！　あのね！　床！　これ！」

びしっ、と床を指さしてマーキュリーさんが叫ぶ。

「聖域化してるんですけどぉおおおおおおおおおお⁉」

「聖域……？」

「魔物を防ぐ領域のことよ⁉　え、なんで⁉　それって聖女の秘術なのに、どうしてできるの⁉」

「どうしてって……セイばーちゃんに教わったからですけど……」

あの村にはいろんなことを知ってる、物知りばーちゃんがいた。

その中の一人、セイばーちゃんから、どんな汚れもきれいにする秘術を教わったのである。

あの洗剤は、ばーちゃんの知識と、師匠から教わった技術を組み合わせて作った、特別な洗剤なのだ。

「セイ……って、セイ・ファート⁉　あの大聖女の⁉」

「あ、はい」

「はいって……はぁ～～～～～～～～…………」

ぐったり、とマーキュリーさんが肩を落とす。

あ、あれ……？

「ぼ、僕何かしちゃいましたか……？」

「うん……なんというか、もう驚き疲れちゃって……」

そう言えば……。

「さっきから、いったい何に驚いてるんですか……？」

するとマーキュリーさんは僕を見て、怒りで肩をふるわせながら……。

「全部にだよぉおおおおおおおおおおおおおおおおお！！！」

☆

その後、僕はマーキュリーさんに冒険者ギルドまで案内してもらった。

随分と立派な建物である。一瞬ここが噂《うわさ》の王城かと思ったけど、どうやらただのギルドらしい。すごいな王都。

「ここが王都冒険者ギルド、【天与の原石】よ」

「てんよの、げんせき？　ギルドに名前なんてあるんですね」

「ええ。冒険者ギルドって言っても、かなりの数あるし。特に王都はね。ここはわたしの知り合いがギルマスやってるから、顔が利くのよ」

全く知り合いのいないギルドに行くよりは、知人の知人だろうと、知ってる人のところに入るほうが気が楽だ。

ここまで面倒見てくれるなんて、良い人だなぁマーキュリーさん。

「なに？　その生温かい目は」

「いや、優しいなぁって思いまして」

「……あなたに何かあったら、おばあさまに殺されるからよ」

おばあさまに、殺される？

マーリンばーちゃんに？

「何言ってるんですか、マーリンばーちゃんめちゃくちゃ優しいですよ。殺すなんてことしないですってば」

「……あなたはね、おばあさまに特別好かれてるのよ。男の子が欲しいって昔から言ってたから、特に溺愛してるのよね」

「へえ……そうなんですね」

「そうなの。だから、わたしはここでしっかりあなたの面倒を見る義務があるんです。下手なことしてあなたに何かあったら、わたしが……」

がたがたぶるぶる、とマーキュリーさんが体を震わせている。

大げさな。あの人が怖い？

いっつもにこにこしてる、優しいおばあちゃんじゃないか。

まあ、虫が家の中に出ると、家を木っ端微塵《こ ぱ み じん》にしていたけども。

まあいつものことだしな。

「さ、いくわよリーフ君。まずはギルドに登録ね」

「はい！　お願いします」

僕は冒険者ギルド、天与の原石の門を潜る。

中もかなり立派だった。

めちゃくちゃ広い、吹き抜けのホールが目の前にある。

手前は食堂、奥が受付カウンターという構成。二階に行く階段があって、これもまたしゃれている。くるんとらせんを描いているのだ。すごい。

中は結構にぎわっている。人間以外の種族も見られた。エルフとか獣人とか。

ほどなくして僕たちは、一番奥のカウンターまでやってきた。

「ニィナちゃん。久しぶり」

「マーキュリーさん！　お久しぶりです！」

オレンジ色の髪をしたかわいらしいお姉さんが、こちらを見てニコッと笑う。

背が高くて、やさしそうなまなざしが特徴的だ。

使い魔なのか、肩の上に小さな竜を乗せている。

「先日は鑑定ありがとうございました」

「いーのいーの。困ったときはいつでも言ってね」

「はい！」

マーキュリーさんは僕を見て説明する。

「わたしもこの天与の原石のメンバーで、鑑定士をしているのよ」

「あ、なるほど、そういう関係なんですか」

彼女は冒険者がとってくるアイテムとか遺物《アーティファクト》を、鑑定しているらしい。

「あ、そうそう。彼、リーフ・ケミスト君。このギルドに登録したいらしいのよね」

「なるほど。では、書類に必要事項をご記入ください」

ニィナさんから渡された羊皮紙は、年齢や性別、所属、そして自分の職業《ジョブ》を記入する、という箇

単なものだった。

「できました。ニィナさん、ご確認ください」

「はいはい。んー……薬師《くすし》？　ここ、冒険者ギルドですけど？」

「え、あ、はい」

どうしたんだろうか。何か不都合でもあるんだろうか。

マーキュリーさんがため息をついて言う。

「ニィナ、この子ちょード田舎出身だから、一般常識が少々、かなり、めちゃくちゃ欠けてるの」

そんなに欠けてます？

ニィナさんの説明によると、薬師《くすし》の職業《ジョブ》の人は、あまり冒険者になろうとしないらしい。

それよりは商業ギルドや錬金術師ギルドに所属するのだそうだ。

……違いが、わからん。

「リーフさん、ほんとに冒険者ギルドでいいんですか？　冒険者は傭兵《ようへい》みたいなことをするし、戦闘系じゃない職業《ジョブ》はきつい気がしますが……」

この人は別に、僕を拒絶してるわけじゃないんだ。薬師《くすし》はたしかに、戦闘力がない。だから冒険者ギルドに入っても、埋もれていくだけだと、善意の忠告をしてくれているわけだ。

いろいろ面倒を見てくれるマーキュリーさんといい、僕は人に恵まれてるな。

「ご心配ありがとうございます。でも……僕は冒険者がいいんです。自由で、何にも縛られない生き方がいいんです」

「なるほど……まあ商人や錬金術師だと、どうしても権力者とのつながりが出てきますし……わかりました。余計な口出しすみません」

さて、とニィナさんが一息ついて言う。

「それでは、【適性試験】を行います」

「適性試験？」

マーキュリーさんがうなずいて答える。

「このギルド、すごい人気が高いのよ。だからものすごい数の登録希望者がくる。その人たちを全員面倒見られないから、適性でふるいにかけるのよ」

「そうなんですか……大丈夫かな……」

生まれてこの方、試験なんて受けたことないからな。

なんだろう……すごい不安になってきた。

「大丈夫ですよ。マーキュリーさんの推薦もありますし。それに試験といっても魔力測定と戦闘能力測定ですから」

「魔力……戦闘能力……」

どうだろう、どっちも今まで正確には測ったことないんだよな。

「まずは魔力測定から行いますね。バイスちゃん」

ニィナさんの肩に乗っていた、使い魔の幼竜がうなずく。

げろ、と幼竜が口から水晶玉を吐き出した。

どうやら使い魔の腹の中にものを入れておけるようだ。ストレージってスキル持ちなのだろう。

「これは魔力測定水晶。文字通り、ここに魔力を込めることで、保有する魔力の量を測る水晶です。色によって量がわかります」

「なるほど……魔力を込めるって、大丈夫なんですか？　壊れないですか？」

見たところ、たんなるガラス玉っぽいし。

魔力なんて込めたら壊れるんじゃないか？

「大丈夫ですよリーフさん。これは彗星の魔女マーキュリーさんが作った、特別な魔道具《マジックアイテム》で、絶対に壊れない仕様になってますので」

「そうよリーフ君。絶対壊れないわ。見てなさい」

マーキュリーさんが水晶にぺたり、と触れる。

カッ……！　と黄金色に輝きを放った。

「おお、きれいですね！」

「ふふん、でしょう？　これがSランクの魔力保有量……。この王都でわたし以上に魔力を持ってる者はいないわ」

なるほど、最大値をたたき出したマーキュリーさんが魔力を込めても、壊れないのだ。

じゃあ水晶は僕が触っても、絶対壊れないな。

「じゃあ……測ります」

僕は水晶に手を触れ、そして……魔力を込める。

カッ……！

「!? 水晶が一瞬で黒く……」

「マ、マーキュリーさん？ なんか水晶玉……ひびが入ってないですか!?」

「ま、まさか……ニィナちゃんの見間違いでしょ……壊れるわけが」

びき……びききききっ！

ちゅどぉおおおおおおおおおおおおおおおおおおおん!!

……気づけば、水晶が大爆発を起こしていた。

「なんだなんだ!?」「爆発!?」「どこのどいつだ、魔法なんて使ったやつは!?」

天与の原石の冒険者さんたちが、僕に注目しだした。

そりゃそうだ。いきなり爆発を起こしたら……。

「あれ？ でも……壊れないんじゃないんですか？」

「し、信じられません……鑑定水晶が壊れるなんて……前代未聞です！」

ニィナさんが戦慄する一方で、マーキュリーさんが僕に詰め寄る。

「どういうこと!? わたしよりも魔力量が多いだなんて！ なにしたらそんなに魔力量が手に入るの!?」

「え、別に特別なことはしてないですけど……」

「嘘《うそ》おっしゃい！ 魔力量は生まれてすぐ決まってる。職業《ジョブ》は魔力量に依存するといっていいわ。魔法職でもないあなたが、こんな馬鹿みたいな量の魔力を持つわけがない！ 一体何食ったらそんなに魔力量が増えるの⁉」

特別なことってしたことないんだが……。

あ。

「しいていえば、昔から魔物を食ってましたね」

「「ま、魔物を食うぅぅうううう⁉」」

ニィナさんとマーキュリーさんが驚愕《きょうがく》する。あれ？　そんなに驚くことだろうか。

「僕、毒が効かない体質じゃないですか。だから絶対に腹を下さないんですよ。で、ある日森の中で倒した魔物を食ったことがあって……それから確かに魔力が増えた気がしますね」

調剤スキルには、結構な魔力を必要とする。

効能が高い薬ほど、作るのに魔力《コスト》がかかるのだ。

幼い頃はすぐに魔力がつきてしまったけど、魔物を食らうようになってから、いくら調剤しても魔力が減らないようになったな。

「魔物を食らうなんて……そんなこと可能なの？　魔物は体内に魔素《マナ》……人間にとっての毒が含まれてるのよ」

「はい。でもまあ毒無効なんで、魔物を食っても平気なんです」

なるほど……とマーキュリーさんが戦慄の表情を浮かべながら、しかし納得がいったようにうなずく。

「魔物を食らうことはつまり、魔物の魔素《マナ》を自分に取り込むということ。それなら、この尋常じゃない魔力量も納得ができるわ……」

「で、でもマーキュリーさん。そんなこと、普通不可能ですよね？」

ニィナさんの言葉に、マーキュリーさんが神妙な顔つきでうなずく。

「絶対無理ね。そもそも魔物を食べた時点で、腹を下すどころか、下手したら魔素《マナ》で死んでしまうもの。毒の効かないリーフ君だからこそできる芸当ね……」

「す、すごいです……」

ええと、結局魔力測定は、大丈夫だったんだろうか……？

「僕、不合格、ですかね」

「「は？　なんで……？」」

「だって、測定不能ってことは、測れないって意味ではゼロと一緒じゃないですか？　じゃあ適性ないのかなって……」

するとマーキュリーさんが、またビキッ、と額に血管を浮かべて叫ぶ。

「そんなわけないじゃないのよっ！　どうしてそうなるのよ！」

「でも測定器ぶっ壊したの、前代未聞なんですよね？　前例がないんじゃ、雇ってくれないかも」

マーキュリーさんが、その場にしゃがみこんで、はぁ〜〜〜〜〜〜っとため息をつく。

「……だめだこの子。英雄村の出身だから、完全に感覚が狂ってる。これは……しばらく一緒にいて見張ってあげないと、いつかとんでもないことやらかすわ……」

ニィナさんが引きつった笑みを浮かべながら、「だ、大丈夫ですよ！」と明るく話しかけてくる。

「リーフさんはすごい魔力量を持ってるんです！　適性ゼロなんてことにはなりませんよ！」

「おおっ、まじですか」

「たぶん！」

いや、多分なのかい。

☆

「つ、続いては戦闘能力試験です」

受付嬢のニィナさんが引き気味に言う。戦闘能力、つまり直接敵と戦う力を見るわけか。

「ギルド側が用意した試験官と一対一で勝負してもらいます。リーフさんは前衛と後衛、どっちですか？」

前衛とは、武器を用いて前で戦う職業《ジョブ》。

後衛とは、魔法を用いて後ろから戦う職業《ジョブ》らしい。

「どっちかって言えば、前衛ですかね」

僕は魔法をメインに戦わない。ナイフ＋状態異常だからな。

「では、前衛となると試験官は……」

と、そのときだ。

「おいおいおい、これは何の騒ぎだい？」

人込みを縫ってあらわれたのは、銀髪の、長身の男だ。

年齢はわからないが、三〇～四〇歳くらいだろうか。

村のじーちゃんたちと同じく、強者の雰囲気を漂《ただよ》わせている。

「ウルガーさん！」

どうやらこの銀髪の男はウルガーというらしい。

受付嬢のニィナさんと知り合いってことは、このギルドの人間だろうか。

「やあニィナ、それにマーキュリーも！　二人とも今日も美しいね、ハッハッハ！　ところで……そこの彼は、誰だい？　見ない顔だね」

「あ、はい。彼はリーフさんで、このギルドへの加入を考えてるんです」

ふむ……とウルガーさんが僕の身体《からだ》を見て、うなる。

「なかなかやると見た」

「わかるんですか？」

「フッ……僕をなめてもらっちゃ困るね。どうだろう、戦闘能力試験、僕が見てあげても？」

どうやらこの人が試験官を務めるらしい。

ニィナさんが慌てて止める。

「ウ、ウルガーさんだと強すぎますよ」

「大丈夫、彼もなかなかやると思う。このウルガーが見るに値する人物だと思うよ」

よほど自分に自信がある人のようだ。

どんな人なんだろうか？

でも……強いのは見て確かだ。

アーサーじーちゃんが言っていた。武芸に秀でた人は、立っているだけでわかるって。

ウルガーさんは重心の使い方を意識して立っている。

じーちゃんが言うには、こういうタイプは結構強いらしい。

「ウルガーさん。相手はまだ初心者ですから、あまり本気にならないでくださいね。自信をなくして、逸材を逃すわけにはいきませんので」

「わかってるさニィナ。大丈夫、新人に怪我《けが》を負わせるような真似《まね》はしないよ。本気は出さないと約束しよう……」

ただ、とウルガーさんが前髪を、さらっと払う。

「この僕の強さを前に、自信は喪失させてしまうかもしれないけど、そのときはすまないね」

この人ほんとに自己評価高いな……。

よっぽど強い人なんだろう。

そんな人と手合わせできるなんて、光栄だ。

村じゃ戦闘訓練は、アーサーじーちゃんとしかやったことないし。

果たして、どこまで通用するだろうか。ちょっと不安……。

するとマーキュリーさんがこっそりと耳打ちしてきた。

「……いい、リーフ君。わかってると思うけど、本気を出しちゃだめだからね」

「え？　なんで……？」

「なんでって……わかるでしょっ？」

いや、さっぱりわからないのだが……。

「おいおいおい、この僕に手を抜く必要なんてないよ！　全力でかかってきな！」

あ、ほら向こうもこう言ってるし……。

けれどマーキュリーさんは、青ざめた顔でぶんぶんと首を振る。

「いいから、だめ！　本気だめ！」

「何を言ってる、本気でこないと意味がないだろう！」

ああもう、どっちでやればいいんだー！

☆

僕たちがやってきたのは、ギルドの裏手にある教練場《トレーニングルーム》という場所。

円形のコロシアムみたいな建物だ。

「さ、試験を始めようか」

ウルガーさんの得物は槍《やり》だ。

木でできた模擬戦用の槍を構える。やはり、できるなってのが構えから伝わってきた。

「リーフくーん！」

教練場には観客スペースが存在する。

彗星の魔女マーキュリーさんが叫んでいる。

「わかってるわね⁉　だめよ、本気出しちゃ、ぜーったい！」

「そんな無茶な……」

どう見ても、相手はかなりの使い手だ。

手を抜くなんてことはできない。

「彼女はああ言ってるが、手加減は無用だ。本気で、獲る気できたまえ」

獲《と》る。つまり、殺す気でこいといってるのだろう。

そう提案しておいて、しかし全く余裕な態度と構えを崩さない。……これは、本気でやらないと。

「僕も、本気でいきます」

「だぁあああああめぇえええええええええええええ！」

マーキュリーさん若干うるさい……。

ウルガーさんが槍を構える。

僕は、魔法バッグから薬師《くすし》の神杖《しんつえ》を取り出す。

「魔法職なのかい？　腰の短刀がメインでは？」

「杖も剣もどっちも使います」

「杖術《じょうじゅつ》とナイフ術ね。ふっ……楽しみだ。いくよ！」

僕は杖を構えて叫ぶ。

「【調剤：麻痺毒《パラライズ》】」

僕がスキルで作った麻痺《まひ》の毒を、薬師《くすし》の神杖でウルガーさんの体に投与。

麻痺毒《パラライズ》がウルガーさんの体に一瞬で回り、地面に倒れ伏した。

「勝った」

「う、タ、タイムタイムタイムぅううう！」

しびれて動けないウルガーさんが声を荒らげる。

僕は解毒薬を作ってウルガーさんに投与。

彼は立ち上がると、僕に向かって叫ぶ。

「今のは⁉　なんだね⁉」

「え、ただの状態異常薬ですけど」

「状態異常スキル持ちなのかい！　前衛職なのに⁉」

「いや正確にはスキルじゃないんですが……」

ウルガーさんは憤慨しながら言う。

「君ね、これ何の試験かわかってる？」

「実戦を想定した戦闘訓練ですよね？」

「そのとおり！　見たいのは君の直接戦闘力！　武器を使っての！」

なるほど、どうやら今のは評価されないらしい。

「わかりました。次はちゃんと武器で戦います」

「よろしい……では、仕切りなおそう。またしょっぱなから麻痺スキルはだめだからね！」

「はい！」

麻痺はだめね、了解。

僕とウルガーさんは離れて、立つ。

「さぁきたまえリーフ君！　特別に先手は譲ろう！」

「ありがとうございます！」

僕は杖を構えて、前に飛び出す。

薬師《くすし》の神杖は一〇〇センチほどの長めの杖だ。

僕は接近して、ウルガーさんめがけて杖を振る。

がきぃん！

「なかなかいい、一撃だね！　しかし……」

【調剤：睡眠薬《スリープ》】！」

杖をぶつけた瞬間、僕は睡眠薬《スリープ》を調合して投与。

ウルガーさんがその場に倒れる。

「勝った」

「ま、ち、たまえ……！」

モンスターを一撃で昏倒《こんとう》させる睡眠薬《スリープ》を受けて、しかしウルガーさんは目を覚ましたままだった。

　おお、すごい。

「なんで、状態異常スキルを使うんだね⁉」

「え、ちゃんと杖で戦いましたよね？」

「結局スキル頼りじゃないかね！　僕が見たいのは、スキル抜きの純粋な戦闘力！」

　ちゅ、注文が難しい……。

　実戦を想定するなら、併用して戦うべきじゃないのか？

　いや、あくまでこれはテストなんだ。

　試験官の要求に、応えないと。

「わかりました。じゃあ、この薬神の宝刀だけで戦います」

「うむ、それでいい……しかし、見事な状態異常スキルだった。効果といい、発動速度といい、申し分がなかったよ」

　あ、いちおう褒めてはくれるんだ。

　優しい人だな。

　僕は宝刀を逆手に持って立つ。

　ウルガーさんはさっきまでの余裕の笑みを引っ込めて、真剣な表情で槍を持っていた。

「さっきの一撃で、君がかなりやるのは理解したよ。足運び、重心の移動からね。だから、次は手を抜かない。かかってくるんだね」

「はい！　いきます！」

僕は宝刀を構えて、スキルを使って薬を作る。

「【調剤：強化薬《ブースト》】」

「ふっ、身体強化スキルかね。いいよ、好きにかけて……」

「【強化薬《ブースト》強化薬《ブースト》強化薬《ブースト》強化薬《ブースト》強化薬《ブースト》強化薬《ブースト》強化薬《ブースト》】」

「お、おう？　リ、リーフ君？　なんだか、どんどんと力が増してってているような……」

「いきます！！！」

腕力を含めて、すべてを強化した僕は……。

アーサーじーちゃんと、本気でのシアイをするときと同様、僕は強化薬《ブースト》を重ね掛けする。

ドンッ……！

「ちょっ⁉」

「でりゃぁあああああああああああ！」

ばっごおおおおおおおおおおおおおおん！

「ふぎゃぁえええええええええええええええええ！！！」

ふっとんでいくウルガーさん。

教練場の壁をぶちぬいて、外へと飛んでいった……。

「ウルガーさぁあああああん⁉」

ニィナさんは血の気の引いた顔で叫ぶ。

マーキュリーさんは客席から慌てて飛翔《ひしょう》し、破壊された壁から外に出る。

僕もあわてて、彼に近づいた。

「だ、大丈夫ですかウルガーさん？」

あおむけに倒れているウルガーさん。

その両手には、壊れた槍が握られてる。

す、すごい。この人、僕が強化して放った一撃を、ぎりぎり槍で防いだのだ。

すげえ！　王都は、やっぱりレベルが高いな。

「ふ、み、見事な一撃、だよ……まさか、この元勇者パーティのウルガーを、ワンパンで倒すとはね……」

「え、元勇者パーティ？」

てか、勇者ってなんだ……？

僕は治癒の薬を調合してウルガーさんに投与する。

「え、えええええ!?」

「ウルガーさん、勇者ってなんですか？」

「あ、いや、ちょ、ちょ、ちょっと待ちたまえ!?」

ウルガーさんが立ち上がって、自分の体に触れる。

「どうしたんですか？」

「折れた骨が治ってるんだが!?」

「え、はい。それが？」

「それがって……」

「骨折くらい、一瞬で治せますよね、薬で」

愕然《がくぜん》とした表情で、ウルガーさんが僕を見やる。

あれ、なにか失礼なことしてしまっただろうか……？

あ、そうだ。

壊れた壁を直さないとな。僕は杖を構えて、修復薬を作る。

杖を使って、壁に投与。壊れた壁が元通り。

「「「ちょっと待ってぇえええええええええええええ!?」」」

今度はニィナさんとマーキュリーさんも叫ぶ。

え、え、なに？

「教練場の壁が、直ってるんですけど!?」

「あ、はい。修復薬で治しました」

「てゆーかリーフ君、教練場の壁って絶対壊れないように、魔法がかけられてたのよ!?」

「え、そうなんですか？」

三人ともが唖然《あぜん》とした表情で僕を見てくる。

ええと……。

「あの、皆さんどれに対して驚いてるんですか……？」

すると三人が声をそろえて……。

「「「全部にだよぉおおおおおおおおおおおおおお！」」」

ええー……デジャブ──。

てゆーか、そんなに驚くことだろうか。

アーサーじーちゃんとの模擬試合の時には、普通に今使った薬を使うんだけど……。

「リーフ君、あなたね、もう少し常識を覚えたほうがいいわ」

ぐったりしながら、マーキュリーさんが言う。

「あなたの周り、やばい人ばかりだったの。だから、感覚がマヒってるのよ」

「え、いやいや、僕の周りはじーちゃんとばーちゃんたちで、みんないい人ばかりで、悪人なんて一人もいませんでしたよ？」

「やばい＝悪人て意味じゃないんだよぉおおおおお！」

ウルガーさんはため息をつきながら、けれどうなずく。

「ま、これだけ強いんだ。うちの冒険者になることは、認めていいと思うよ。常識外だけど」

「そ、そうですね。魔力量も申し分ないですし。規格外ですけど」

そんなこんなあって、僕はこのギルド、天与の原石の冒険者になれたのだった。

☆

受付嬢のニィナさんから軽く、冒険者について一通り指導いただいたあと、最初の依頼のために出発した。

「で、最初の依頼が……薬草拾いなのね」

僕と彗星の魔女マーキュリーさんは、王都郊外の森へやってきていた。

そう、最初の依頼は薬草を採取してくる、というもの。

初心者はみんな、最初はこのクエストから始めるらしい。

「リーフ君のことだから、最初から古竜討伐みたいな、常識外れなこと言い出すんじゃないかって思ってたわ」

「そんなことするわけないじゃないですか。僕は、己の分をわきまえてますよ」

「分……って、それ英雄村での話でしょ？」

「はい。僕はあの村では最弱でしたからね！」

僕はデッドエンドっていう辺境の村の出身だ。

そこには大賢者マーリンばーちゃんや、英雄剣士アーサーじーちゃんなど、強い人がたくさんいた。

彼らと比べたら、僕なんてまだまだである。

しかしマーキュリーさんは疲れ切ったようにため息をついて言う。

「あのね……だから、そのマーリンおばあさまも、アーサーおじいさまも、伝説の英雄なんだってば……」

マーキュリーさん曰《いわ》く、あの村は引退したすごい英雄たちの集まるすごい村で、通称【英雄村】という、らしい。

しかし説明されても、どうにも実感がわかない。別にマーキュリーさんの言葉を疑うわけじゃないんだが……。

じーちゃんばーちゃんたちは、僕が物心ついた頃から、ずっとそばにいた人たちである。

確かに強いし、色々知ってる人たちだけど、どうも近所のじじばばっていうふうにしか思えない。

長い間そばにいたからか、あるいは、彼らがこの世界に及ぼした影響を見たことがないからか。

「ところで、なんでマーキュリーさんがついてきてるんです？」

ギルドで依頼をもらった後から今まで、マーキュリーさんが後ろからついてきてるのだ。

彼女は大きくため息をついて説明する。

「うちはね、バディってシステムがあるんだ」

「バディ？」

「そ。相棒とかいう意味ね。ギルド天与の原石に入った初心者には、ベテランの冒険者がアドバイザーとして付くことになってるの」

「面倒を見る的な？」

「そう。無茶して危ないことしないように見張ったりとか、冒険のイロハを教えたりね」

なるほど……つまりは監視役と教育係ってことか。

しかし、良いシステムだなぁ。

「これなら新人が無知故にやらかすみたいなこと、起きないですね」

「ええ……そうね……」

なんだかマーキュリーさんが、じとっとした目を僕に向けてくる。

なんだその目は？

「わたしは外部顧問みたいな立ち位置なんだけど……リーフ君の面倒を見られるのが、わたし以外いなさそうだったからね。しばらくは同行するからよろしく」

「なるほど！　迷惑かけないように頑張りますので、よろしくです！」

マーキュリーさんは引きつった笑みを浮かべながら「もうかかってるんだけどね……」と小さくつぶやいていた。なんだろうか？

「さて、薬草拾いね。うちはどれだけ強くても、ランクはＦからスタートだから、まあ妥当な仕事だとは思うけど……」

冒険者にはランクがある。

王都の冒険者は、試験でどれだけすごい成績をおさめても、最低ランクからスタートするらしい。

その後、ギルドへの貢献度に応じて、ランクが上がっていくのだそうだ。

「リーフ君なら、薬草拾いなんて余裕よね」

「いやいや、薬草拾いって結構難しいですよ？」

「まあ、初心者ならね。普通の草と薬草を見分けるの、難しいから」

え？

マーキュリーさん、何言ってるんだ？

「薬草とただの草なんて、月とすっぽんくらい違うじゃないですか」

「いやそこまでじゃないでしょ……ベテランでも見分けられない人はいるし、鑑定スキルがなかったら、わたしだって見分けるの難しい」

うーん、そんなに難しいだろうか。全然違うのに。

「とにかく、薬草とただの草との見分けは全く難しくないですよ。僕にとっては」

「へえそう。じゃ、お手並み拝見といこうかしら」

どうやらマーキュリーさんはこれ以上口を挟まず、僕がどうやって薬草を採取するのか、見るに徹するらしい。

僕はうなずいて、右手を差し出す。

「おいで！」

と、一言。

すると……。

周囲一帯に、小さな緑色の光点が浮かぶ。

光の玉はふよふよと浮いて動く。

光の点が次々と僕の足元に集まってくる。

やがて光が消えると、薬草の山がこんもりできていた。

「よし」

「よし、じゃ、ないわよぉおおおおおおおおおおおおおおおおお！」

うぉ、びっくりした。

となりで黙っていたマーキュリーさんが、急に叫ぶんだもの。

「どうしたんですか？」

「それはこっちのセリフよ！　ええ！　今のなに⁉　特殊スキル⁉」

「いや、違います。薬草に呼びかけたんです。来いって」

「呼びかけた……？」

「はい。僕、子供のころから薬草を採取し続けたんです。最初はただの草と見分けがつかなくて、そしたら師匠から、薬草の声に耳を傾けてみなさいってアドバイスされて……」

するると、僕はあるときから、薬草の【声】が聞こえるようになったのだ。

「声ってあんた……それって幻聴じゃ……」

「いやでも、薬草と対話できるようになったら、薬草と一般の草、そして毒草を見分けることができるようになったんですよ」

そのあとも、薬草と対話しまくった結果、こっちから呼びかけるだけで、薬草が採取できるようになった、というわけだ。

「ううん……もしかしたら、リーフ君は精霊と対話してたのかもね」

「精霊、ですか？」

「そう。この世界に存在する物質にはすべて、精霊が宿ってるといわれてるわ。風を起こすのは風の精霊、火は火の精霊みたいに。リーフ君の場合は草、つまり地の精霊と交信してたのかも」

「草なのに地の精霊なんですね」

「そうね、この世には精霊が、地水火風、それと闇光の六種しかないといわれてるから。植物の精霊なんて存在しないわ、絶対」

ううん、でも地の精霊って感じでもないんだよな。

大地に語り掛けても、答えてくれないし。

「高位の魔法使いは精霊と会話し、その力を得る。リーフ君もまた薬草に宿る精霊と交信することで力を借り、その結果、自動で薬草が、向こうから来たってところ……かもね」

「へー」

そんな理屈なんだな。知らなかった。

「って！　なによこの山盛りの薬草⁉」

僕の足元には、依然として薬草が、森の奥からやってき続けている。

こんもりとした薬草の山が、いくつもできていた。

「え、ギルドに提出する用の薬草ですけど」

「こんなにいらないわよ！」

「でも依頼内容って、薬草をできるだけ採ってくるようにって」

あのねえ、とマーキュリーさんがあきれたように言う。

「普通ね、薬草と一般の草って見分けがつけられないの。新人なら、一日で一〇〇グラムでも採ってこられたら上等。こんな、キロ単位で採ってくるのはおかしいの！」

「へー。みんなこんな作業に苦労するんですね」

「それ……ギルドで絶対言わないようにね。いらぬ争いの種になりそうだから」

なんで怒るんだろうか……。

まじで簡単な作業なのに。薬草の声に耳を傾け、呼びかけるなんて楽勝なのに。

まあでも優しいマーキュリーさんがそう言うなら、ギルドで言うのはやめておこう。

善意の忠告だろうし。無視はしたくない。

「わかりました」

「それがいいわ。って！　まだ薬草が積まれてく⁉」

薬草の山が次々とできていく。

「ほっとくとそこら辺にある薬草、全部勝手に集まってくるんですよね」

マーキュリーさんが恐る恐る、薬草の山に手を突っ込んで、鑑定スキルを発動。

「えええええええええ⁉　や、薬草の品質が、S⁉　超高品質な薬草じゃないの！　なんで⁉」

「さぁ……。ただ、手で摘むより、呼びかけて回収した方が品質がいいんですよね」

愕然としながら、マーキュリーさんがつぶやく。

「精霊がリーフ君に好かれようと、薬草の品質を上げてるのかしら……？　だとしても、全自動薬草回収＋品質超向上とか、異常にもほどがあるでしょ……」

「え、でも薬師《くすし》ならこれくらい、当然できますよね？」

びきっ、とマーキュリーさんが額に血管を浮かべて……。

「できるわけねぇぇぇえだろぉおよぉおおおおおおおおおおおおおおおお！」

と全力で叫んだ。

この人いちいち驚くなぁ。

「薬師《くすし》ってのは、基本、錬金術師の下位互換職なのよ！　薬材採取成功率、それと薬草からのポーション作製のみ！」

「えー？　でも師匠はこれくらい普通にできましたよ？」

「だーかーーーーらーーーーーーーー！　その師匠が、おかしいのよぉ……！」

え、そんな……。

「師匠はおかしな人じゃないですよ？」

「知らないわよ！　異常だって言ってんのよ！」

「心優しい、いい人で、決して異常者なんかじゃないんですが……」

「人格を否定してるんじゃないのよ！　能力が異常だって言ってるの！」

「確かに師匠はすごいですけど」

「あんたもすごいんだよぉおおおおおおおおおおおおおお！」

そうだろうか……？

でも師匠と比べたらすごくないし、村のじーちゃんばーちゃんたちは「もうええわ！」

マーキュリーさんがまたもつっこむ。

この全自動薬草採りおかしかったのかな……。

「え、じゃ、じゃあ……これもおかしいんですかね？」

「まだ何かするつもりなの……？　もうつっこみ疲れたんですけど……」

僕はぐっ、と膝を曲げる。

両腕をぐっ、とたたむ。

「何する気なの？」

「薬草採りすぎちゃったんで、生やそうかなって」

「は……？」

僕は膝を曲げた状態から、「ん～～～～っしょっ！」と両手をあげて、飛び上がる。

すると……。

ボコッ！

ボコボコッ！

「生えた⁉　薬草が⁉」

ボコッ！

「よし」

「よしじゃねえええええええええええええええええええええええええ！」

うぉ、びっくりした。

「何今の⁉」

「採った分の薬草を戻しただけですけど？」

「薬草を戻すってなに⁉」

「え、だから、生えてこいって、薬草に語りかけるんです。そしたら生える……え、生えますよね？」

マーキュリーさんが頭を抱えてしゃがみこんでしまった。

「あれ……僕、なにかやっちゃいました……？」

すると彼女がびきっ、と再び額に血管を浮かべて……。

「なにか？　じゃねーよ！　全部！　やりすぎ！　なのよぉおおおおおおおおおおおおおおおおおおおおおお！」

☆

王都近郊の森で、大量の薬草をゲットした僕たち。

ギルド天与の原石へ向かいながら、彗星の魔女マーキュリーさんは言う。

「こんな大量の薬草、どうするのよ……頼まれた量の何百倍もの量よ」

「採りすぎってことです？」

「そうよ。ギルドだってこんな大量に薬草が必要な事態なんて、滅多にないんだし。買い取っては くれないわよ」

「うーん……そっか。過ぎたるは及ばざるがごとし、ってことですね。次から採りすぎには注意し ます」

　ギルドへ戻ってきた僕たちは、ふと違和感に気づいた。

「なんかギルドが騒がしいですね」

「何かあったのかしらね？　ニィナちゃんに聞いてみましょ」

　受付に近づいていくと……。

　長い白髪に赤メッシュの、派手な女性が、ニィナさんと深刻そうな話をしている。

「どうしたの、ニィナちゃん？」

「あ、マーキュリーさん！　実はジャスミン様が、緊急の依頼を……」

　その白い髪の女性はジャスミンさんというらしい。

　受付嬢ニィナさんの呼び方から、たぶんこのギルドの人間ではないんだろう。

「緊急の依頼って、何があったんですか？」

「実は……薬草をキロ単位で大量に欲しい、とのことで……」

「「え？　薬草を……？」」

ジャスミンさんは、背が高く、大人の色香を持つ女性だ。

だがその顔はこわばっていることから、よっぽどの事態があったのだと思われる。

「ニィナ君。どうにか都合がつかないだろうか。薬草が一〇〇キロ……いや、それ以上あると助かるのだが……」

「無理無理無理ですよ。さすがに大手のうちでも、そんな薬草一〇〇キロなんてストックは……」

「今すぐに、人海戦術で採ってきてもらうことはできないだろうか？」

「ううーん……困りましたねえ……」

なるほど、どうやらこのジャスミンさんとやらは、大量の薬草が今すぐに必要らしい。

「あの、僕、ありますよ。薬草」

「「!?」」

僕は魔法バッグを下ろして、中から、ついさっき採ってきたばかりの薬草をこんもりと出す。

薬草の山を見て、ジャスミンさんたちが驚愕の表情を浮かべた。

「なっ、なんですかこの大量の薬草はっ!?」

「すごい……少年！　これを譲ってもらえないだろうか！」

僕はうなずく。

ジャスミンさんは九死に一生を得たように、安堵《あんど》の息をついた。

「助かった……！」

「あの、薬草はこれだけでいいんですか？」

「なに……ま、まさか……もっとあるのか？」

「ええ、まあ」

僕は採ってきた薬草の山をドドンッ！　と全部見せる。

「えぇぇぇぇぇぇぇぇぇぇぇぇぇぇぇぇぇぇぇ⁉　採りすぎですよ！　なんですかこれはぁぁぁぁぁぁぁぁぁぁぁぁぁぁぁぁぁ⁉」

「ニィナちゃん、気持ちはわかるわ……わたしもさっき驚いたもの……」

ジャスミンさんが「信じられない……」と呆然《ぼうぜん》とつぶやく。

「あれ、足りないですか？　であればもっと採ってきますけど」

「い、いや！　十分だ！　ありがとう……全部、我が商会が買い取らせてもらおう。通常レートの倍……いや、三倍は出そう！」

おお、薬草が腐らずに済みそうだ。

しかも三倍の値段だなんて、やったね。

「リーフさん、ありがとうございます！　助かりました！」

ニィナさんが笑顔でそう言う。

僕に優しくしてくれた人が、感謝してくれるのがうれしかった。

「リーフ……？」

ジャスミンさんが僕を見て、何かに驚いてるように目を丸くしていた。

「もしかして……君は、リーフ・ケミスト君……かい？　デッドエンド村出身の？」

「あ、はい。あれ、なんでご存じなんでしょうか……？」

するとジャスミンさんは、まるで地獄のふちで神様を見つけたかのように、表情を明るくする。

がしっ！　と僕の手を握って言う。

「リーフ少年！　ワタシにどうか、力を貸してもらえないだろうか！」

☆

僕がやってきたのは、マーキュリーさんの店、彗星工房。

作業台の上に、僕は薬草の山を載せる。

「えっと、依頼内容の確認なんですけど、解毒ポーションと治癒ポーションがいるんですね？　大量に」

「ああ。知り合いの部隊が、モンスターに襲われてしまい、大勢の怪我人が出ているんだ。しかも厄介なことに毒をもってる相手でね。ヒドラっていうんだが」

マーキュリーさんが目を剝《む》いて「ヒ、ヒドラぁ!?」と叫ぶ。

なんか有名なモンスターなんだろうか。

「ヒドラの毒はとても強力で、治癒術師たちだけでは治療・解毒が間に合わない。そこで我らの商会が、ポーションの手配を頼まれたのだ」

「なるほど……それで解毒と治癒のポーションがいるんですね」

「ああ、頼む。まだヒドラは倒されていない。いつ討伐できるかわからない状況だから、可能な限り多くのポーションを作ってもらいたい。すべて、うちが買い取ろう」

さっきの薬草のときといい、この人結構なお金持ちなのかな。

「じゃ、始めます。ちょっと時間かかりますので」

僕は調剤スキルを駆使し、注文通りのもの……つまり、治癒と解毒ができる、ポーションを作製する。

「ヒ、ヒドラって……やばいじゃないの……？　街の人の避難は？」

「余計な混乱を招かないようにまだ街の住民には秘密にされている。だがこれ以上侵攻されると……もう隠しきれないだろう」

「でもうちでヒドラを倒せる人なんて……」

よし！

「完成しました！」

「「はやっ！」」

作業台の上には、大量のポーション瓶が置かれている。

これだけあれば十分だろう。

しかし、ジャスミンさんが首をかしげる。

「少年、ワタシは治癒と解毒、二種類のポーションを注文したはずだ。しかし、このテーブルの上にあるのは、同じ色の液体、一種類のポーションしかないと思われる」

「あ、はい。ですから、治癒と解毒、一気にできるやつを作ったんです」

「両方を一気に……だと……ありえない。そんなことが可能な薬なんて……一つしかない……」

するとマーキュリーさんが、慌てて僕の作った薬を手にとる。

「鑑定……って、えええええええええええええええええええええええええええええ⁉

うそぉおおおおおおおおおおおおおおお！！！」

またも、マーキュリーさんが叫ぶ。

なんかこの人、叫んでばっかりだな。ストレスでもたまってるんだろうか？

「し、信じられないわ……！　これを、こんな短時間で、しかも、この量を作るなんて……」

「マーキュリー女史、これは、一体なんなのだね……？」

マーキュリーさんが、僕の作ったそれの名前を言う。

「完全回復薬《エリクサー》よ！」

「なっ⁉　エ、完全回復薬《エリクサー》だってぇ……⁉」

今度はジャスミンさんも驚いていた。

え、何をそんなびっくりしてるんだろうか？

「ば、ばかなっ！　完全回復薬《エリクサー》が作れるはずがない！」

「え、作れますけど」

「だってあれには、世界樹の雫《しずく》という、超超超レアアイテムが必要なのだぞ⁉」

「え、要りませんけど？　ねえ？」

マーキュリーさんがぶんぶんぶん！　と首を横に振る。

あれ？

「完全回復薬《エリクサー》の原料には世界樹の雫！　こんなの常識でしょ！」

「いや、確かにそれを使っても作れますけど、世界樹が近くにないと出来ないですし。僕の生み出した製法なら、世界樹の雫無しで、薬草を使って、完全回復薬《エリクサー》を量産できますけど……」

あれ、二人とも固まってしまった……。

「僕、なにかおかしなこと言いました……？」

するとマーキュリーさんがまたも、ぴくぴくとこめかみをひくつかせる。

あ、これ知ってる。

「なにかおかしなことを……？　おかしなことしか言ってないのよっ！　どこの世界に！　薬草で完全回復薬《エリクサー》を作れる人がいるのよ！」

「え、ここにいますけど？」

「だからそういうことじゃなくてぇえええええええええんもぉおおおおおおおおおおお！」

頭を抱えてもだえるマーキュリーさん。

「どうしたんですか、頭が痛いんですか？　完全回復薬《エリクサー》飲みます？」

「ちょっと頭痛薬要ります？　みたいなノリで、超レアアイテムを勧めてくるんじゃないわよぉおおおおおおおおおおおおおお！」

マーキュリーさんが叫ぶ一方で、ジャスミンさんは僕の前で……跪《ひざまず》いた。

「リーフ・ケミスト君……いいや、リーフ様」

「さ、様って……いいですよ、リーフで」

いきなりどうしたんだろうか……？

かしこまっちゃって……。

「君は、すばらしい。まさに救いの神だ。ありがとう……これで大勢の人たちが救われる。ありがとう！」

何度も何度も、頭を下げてくるジャスミンさん。

うん、まあ良かった。

ただ、一つだけ訂正しておかないといけないな。

「いえ、困ってる人がいたら助けろって、師匠から言われてますし。でも……一ついいですか？」

「なんだい！　君のためなら何でもするよ！」

「あ、いや……してほしいんじゃなくて、間違いが一つあって」

え？　とジャスミンさんが首をかしげる。

マーキュリーさんは何かを察したような目になる。

「僕……救いの神なんかじゃありません。ただの……辺境の薬師《くすし》です」

ぽかんとするジャスミンさんをよそに……マーキュリーさんが突っ込む。

「いやだから！　ただの薬師《くすし》が！　完全回復薬《エリクサー》を量産する秘密の製法を知ってるわけないでしょおおおおおおおおおおおおおおおおおおおおおお！」

《エリアル Side》

薬師《くすし》リーフ・ケミストが、大商人ジャスミンにポーションを作製した、少し前。

王都郊外では、Sランク冒険者パーティ【黄昏《たそがれ》の竜】が、今まさに戦闘を行っているところだった。

「ぜえ……はあ……だ、大丈夫かてめえら！」

黄昏の竜のリーダー、エリアルが仲間たちに呼びかける。

彼らは王国最高峰の冒険者パーティ。

古竜すら討伐したことのある彼らは今、一匹の【竜】に苦戦を強いられていた。

「ちくしょう……毒魔竜ヒドラ！　なんて厄介な相手だ！」

ヒドラ。一見すると、見上げるほどの巨大な蛇の姿をしている。

体表からは、どす黒い猛毒が止めどなく分泌されており、竜の通った大地は死んでいる。もう草の一本も生えない。

エリアルたち黄昏の竜と、王国騎士団は、合同でこの毒魔竜に挑んだ。

メイン攻撃を黄昏の竜が、サポートと防御を騎士団が、という布陣での戦闘。

しかし結果は……。

王国騎士団はヒドラの前に壊滅状態。

黄昏の竜はなんとか粘ったが、もう盾となってくれる騎士はおらず、自分たちの体力も限界に近い。

リーダーのエリアルは目を閉じて、やがて決断する。

「伝令！　撤退だ！　おれら黄昏の竜がしんがりを務める！　その間に退却を！」

伝令の騎士は青ざめた顔になる。

「しかし……それでは皆様は！」

「ふっ……なぁに、おれらは最強だぜ？　こんな毒魔竜の相手くらい、おちゃのこさいさいよ！」

……とはいえ、エリアルも、そして伝令の騎士もわかっていた。

この毒魔竜には、絶対に勝てない。

だからしんがりを務める黄昏の竜のメンバーたちは、全員、死ぬだろうと。

……だが伝令は、彼らの覚悟を汲《く》み、未来の可能性に賭けることにした。

「すみません！　すぐに、応援を呼んでまいりますので！」

「おーおー、頼りにしてるぜ」

伝令が涙を流しながら、撤退を伝えていく。騎士たちは躊躇《ちゅうちょ》するものの、動ける者は協力して、その場から逃げていく。

黄昏の竜のメンバーたちは、おのおのの手段で回復する。

「リーダー。逃げてください」

「そうっすよ、頭《リーダー》がいれば竜は死なねえんだ」

メンバーたちの優しさに胸が熱くなるも、しかしエリアルは首を横に振る。

「ばっかやろう。頭がなくちゃ、飛べねえだろ。……いくぞ。おまえら！」

仲間思いなリーダーがいて、本当に良かったと彼らは心から思った。

そして、腹は決まった。すなわち、死ぬ、覚悟を決めたのだ。

「ここが最後の活躍の場だ！　踏ん張れよ！」

「「「おう！」」」

まず、弓使いの男が魔法矢を放つ。

魔力で作られた矢は、空中で不死鳥の姿になると、毒魔竜の体に襲いかかる。

じゅぅう……！　と焼けるような音がした。

だがそれは、竜が炎に焼かれた音ではない。

魔法の矢が、ヒドラの分泌する毒によって溶かされたのだ。

「リーダー！　すまねえ……渾身の鳳の矢《フェニックス・ショット》が……」

「魔法すら溶かす溶解毒……か。くそ！　白兵戦だ！　いくぞ！」

リーダーを含め、前衛職たちが武器を抜く。

「付与術士《エンチャンター》！　最高の強化付与を頼むぜ！」

攻撃力と強度を上げる付与魔法が、武器に宿る。

後のことを考えない、最高の付与を味方に施す。

「いくぞ！　うぉおおおお！」

エリアルたちが武器を手に特攻をかける。

だが……ヒドラはにやりと笑った。

じゅぅうう……。

「武器が……げほっ！」

「げほっ、ごほ……！　り、りーだ……毒ガス……だ……がはっ！」

エリアルたちの武器が溶解している。

全力の付与をかけても、それを突破するほどの溶解毒だ。

さらにヒドラの体の周りには、人の内臓を破壊する毒ガスが発生している。

近づくことは、不可能。

「複数の毒を……自在に操る……くそ……ばけものめ……だが！　槍使いぃい！　食らわせてやれぇええ！」

後ろで待機していた槍使いが、助走を付けて、槍を投擲《とうてき》する。

「うぉおお！　このおれの最後の一撃！　穿《うが》て！　【強翼螺旋槍】ぉおおおおお！」

命を削って放たれた、最強の一撃。

彼の槍は遺物《アーティファクト》、金剛不壊《こんごうふえ》の能力が付与されている、絶対に壊れない槍。

その槍を尋常じゃない速度で投げつける技だ。

螺旋を描き超スピードで飛んでいく槍は……ヒドラの毒ガスをもえぐる。

ヒドラの眉間を、槍が貫いた。

「やったか⁉」

頭が消し飛ぶほどの一撃だった……しかし。

うぞぞ……と体から分泌された毒が、頭部に集中していく。

毒が粘土のようにこねくり回され、それは失われたはずの頭部へと変化した。

それを見て、エリアルたちは絶望する……。

「そんな……ヒドラは、毒を分泌する竜だと思ってた。けど……違うんだ。毒そのものなんだ」

毒が固まって、竜の形をしていたのである。

その事実はエリアルたちから、最後の希望を奪っていった。

「魔法も効かない……武器攻撃も効かない……こんなの、無敵じゃないか……！　倒せるわけがない……！」

毒ガスによる肉体的ダメージと、新事実の発覚による精神的ダメージ。

黄昏の竜のメンバーたちは、みな、絶望の表情を浮かべていた。

にぃい……とヒドラが醜悪に笑う。

ふっ……とエリアルもまた、笑った。

「いいさ……おれらの仕事は、こなした。今は勝ち誇るがいい……毒蛇め。いつかきっと、てめえを倒す……英雄が現れる」

その言葉が毒魔竜に届いたかわからない。

ヒドラは嘲笑するかのごとく、大きく胸を反らすと、毒のブレスを吐き出した……。

そのときだった。

「【調剤：浄化ポーション】」

ばしゅっ！　一瞬で、毒ガスが消えたのだ。

万物を冒し、溶かす死の気体が、一瞬で、まるで霧が晴れるかのように消えたのである。

「大丈夫ですかー？」

そこに現れたのは、特徴の無い男だった。

年は一六くらいだろうか。黒い髪に黒い目。

緑の半纏《はんてん》をはおり、背中には木でできたリュック。

その手には長めの杖を持っていた。

「あらら、結構ボロボロですね。すぐに治療します」

「お、おまえ！　に、逃げろ！　ヒドラが！」

「ヒドラぁ〜？」

少年は振り返って、「ああ」と納得したようにうなずく。

「問題ないですよ。あんな無害な蛇」

「へ、蛇ぃ⁉　無害だとぉお⁉」

信じられない。

あらゆるものを溶かす毒を使い、攻撃を全て無効化する最強の毒魔竜を。

あろうことか、この少年は無害な蛇と言ったのだ。

「毒も……たいしたことない毒ですね。これなら……【調剤：解毒薬】」

少年が杖を振ると、その場にいた全員の体が輝く。

「か、体が楽に⁉」「リーダー！　体が痛くねえよぉ！」「毒治ってるし、体のダメージも消えてるだと⁉」

信じられない治癒の技だ。

一瞬で解毒と治癒を行ったのである。

「お、おまえはいったい何者……？」

「ん？　僕はただの……」

そこへ、怒ったヒドラが毒ブレスを放ってきた。

高密度に圧縮された毒のブレスが、少年に襲いかかる。

「逃げろ、少年！」

「え、必要ないですよ」

一瞬で少年はエリアルたちを、遠くに投げ飛ばす。

毒ブレスが少年に、頭からぶっかけられる……。

じゅぅううう……と音を立てて、大地が溶かされていった。

エリアルたちはその毒のあまりの破壊力に、絶句している。

「少年……おれらを、逃がすために……犠牲に……！」

「うぺぺ、汚れちゃった」

無傷の少年が、とぼけた調子でそう言った。

「な、な、なにぃいいいいいいいいいいいいいいいいいい⁉」

驚愕するエリアル。ヒドラもまた目をむいていた。

「な、なんでおまえ、生きてるんだ⁉　毒魔竜のブレスを、もろに受けたんだぞ⁉」

まさしくヒドラが思ったことを、エリアルがちょうど口にする。

ヒドラもまた同意するようにうなずいていた。

「え？　あ、僕、毒が効かないんです」

「毒が効かないだとぉおおお⁉」

なんだそれ！　とヒドラとエリアルが驚いている。もはや敵と味方、同じ思いを抱いていた。

第三の……化物の登場に。

「僕、昔から毒草とか、毒持ってるモンスターとかを食ってたんで、毒に耐性ができてるんですよ。そこの無害な蛇も食ったことありますね」

「ば、ばけものめ……」

ヒドラの思いを、エリアルが口にする。

さて、と少年は杖をしまって、ナイフを取り出す。

「あとは……さっさとこの蛇を採取するかな」

「採取……？」

少年がナイフを構える。

「無駄だ！　そいつに物理攻撃は効かない！　そいつは毒の塊なんだぞ！」

「知ってますよ。だから、せやっ！」

ぶすっ、とヒドラの腹に少年がナイフを突き刺す。

すると……。

ずず……ずずずずず……！

「⁉　ヒ、ヒドラが吸われてく⁉　あのナイフを通して、少年の体の中に、毒が吸収されてくだとぉおおおお⁉」

ヒドラの体が徐々に小さくなっていく。

まさしく、毒を彼が吸い取っているように見えた。

「なんだよそれ⁉　何が起きてるんだよ⁉」

ヒドラの思いを（以下略）。

「これは毒吸収スキルです」

「毒吸収⁉　スキルだと⁉」

「調剤スキルを応用した、派生スキルです。本来なら、体内に入ってる毒を、体外に捨てる医療系のスキルなんですけど、僕の場合は毒が無効なんで、体内に毒を溜めておけるんですよ」

つまり、注射器をぶっ刺して、体内の毒を抜いて、体外に捨てるためのスキル。それが本来の用途なのだ。

しかしこの少年は吸い取った毒をそのまま吸収しているのである。

万物を溶かす死毒を、彼は、平然と……飲み干した。

あとには何も残らなかった……。

「ふぅう……もう大丈夫ですよ」

にっこりと笑う少年を見て……。

黄昏の竜たちは、こういった。

「「「ば、化け物ぉおおおおおおおおおおお⁉」」」

すると少年……リーフ・ケミストはきょとんとした表情で、周囲を見渡す。

「え、どこどこ？」

「「「おまえのことだよぉおおおおおおおおおおおおおお！」」」

こうして、リーフはあっさりと、ヒドラを討伐してみせたのだった。

《ドクオーナ Side》

薬師《くすし》リーフ・ケミストが、王都で大きな手柄を立てた、一方その頃。

リーフの元婚約者、ドクオーナはというと……。

「……うう、眠い……疲れた……もういやぁ……」

ドクオーナは、デッドエンド村にある薬屋の、作業場にいた。

ひとり大釜の前でため息をつく。

このあいだまでは、きらびやかなドレスを着て、美しさに磨きがかかっていたドクオーナ。

しかし今は寝不足で、目の下にクマができていた。

髪の毛はボサボサで、頬もこけている。十分な睡眠と食事が摂《と》れていない証拠であった。

「なによぉ……ポーションって、こんなに作るの大変なのぉ～?」

大釜の中には、真っ黒焦げになったポーション。

リーフが作るポーションとは、品質に天地の差がある。

とはいえ、劣ってはいるがポーションはポーション。

ふらふらになりながら、できあがったポーション液を、瓶に分注する。

「ポーションを作るのも……こんなに大変だったなんて……リーフ……あんたは、こんなこと毎日やってたのね……リーフ……」

そのときだ。

ドンドンドン!　と誰かがドアを叩《たた》く。

「!　リーフ!」

知らず、その瞳に光が差し込む。

今日は来客の予定はなかったはずなので、来るとしたら……。

出て行った元婚約者だけ!

ドクオーナは作業場を急いで出る。

「ああ、リーフ!　帰ってきてくれたのね!」

彼が出て行って、苦労を強いられて……ようやく気づいたのだ。

自分には彼が必要だったのだと。

ドクオーナは笑顔で扉を開く。

「リーフ！」

「わしじゃよ」

「………………」

そこにいたのは、村長アーサーだった。

リーフかと思っていたので、ドクオーナはがっくりと肩を落とす。

「……なんでリーフじゃないのよ」

「それは無理じゃよ。あの子はもう、村には二度と戻らんじゃてな」

「どうしてよっ！」

精神的、肉体的疲労がピークに達していた。

ドクオーナはこの内心の憤りを、村長であるアーサーにぶつける。

「あたしがこんなに苦労してるのに！　リーフったらあたしのことほっといて！　王都で遊び散らかして！　酷《ひど》いと思わないの！　ちょっとは、気にならないの⁉　大丈夫とか、一言でもあればいいのに！」

だが……アーサーは実に冷めた目で、ドクオーナに告げる。

「自業自得じゃろう」

「なんでよ！」

「今おぬしが言ったこと……全部、自分が同じことをしていたと、気づかぬか……？」

「は……？」

何を言ってるのかさっぱり理解できなかった。

アーサーはため息交じりに説明する。本来なら言わずともいいだろうが、やはりかつてお世話になった治癒神アスクレピオスの孫娘ということで、仕方なく、言う。

「おぬしも、昔は婚約者《リーフ》をほっといて、貴族と遊び散らかしていなかったか？」

「あ……」

「婚約者を働かせておいて、自分は貴族と放蕩《ほうとう》三昧。彼が必死に働いて、ボロボロになっているのに、ちょっとは、気にならなかったか？　大丈夫とか、一言でも言ってあげたか？」

「…………」

そうだ。その通りだ。

自分が遊びほうけている間、リーフがどうなっているかなんて全く気にしなかった。

「自分がしなかったことを、他人に期待するなんてどうかしている」

「…………」

「人に優しくされたかったら、人に優しくしないといけない。そんな簡単なことも、お祖父《じい》様は教えてくれなかったのか？」

……そのとき、ドクオーナの脳裏に、亡き祖父の言葉が思い起こされる。

『ドクオーナ。常に感謝の心を忘れてはいけないよ』

『天の女神様は、おまえの行動を常に見ている』

『いいことをしたら、いいことが返ってくる。悪いことをしたり、私益をむさぼると、しっぺ返しを食らう』

『だから……常に人に優しく、人への感謝を忘れないように』

ドクオーナは、黙り込んでしまった。

アーサーはその様子から、彼女に思い当たる節があることを察する。

「今、困っているのだろう？　何に困ってる？」

「……オロカン様から、ポーションを大量に作れって。魔物が領地を襲って、怪我人が続出してるから……って」

オロカンの統治するヴォツラーク領を、奈落の森《アビス・ウッド》の魔物たちが、襲うようになったのだ。

兵士たちを送って対処しているのだが、いかんせん森の魔物は強すぎた。

その結果、怪我人が毎日のように出ている。

治療用ポーションが必要となるが、商売相手の銀鳳《ぎんおう》商会は、もう領地に来てくれない。

辺境の領地まで薬を運んでくれる人はいない。希少な治癒術師がこんな辺鄙《へんぴ》な領地にいるわけもない。

もう……ドクオーナに、ポーションを作らせるしかないのだ。有名な治癒神の孫、ドクオーナにしかできない。

いちおう、アスクレピオスからは一通りの薬の作り方は教えてもらった。

だが実践したことはほとんどない。

また、祖父の作ったマニュアルは高度すぎて、解読できない。

薬を作るのはリーフに一任していたので、実践経験がほとんどない。効率よく大量のポーションを作るすべを身につけていない。

……結果、クズ同然のポーションを、苦労して作るしかない状況にあるのだ。

「もう……やだ……もうやめたい……リーフ……帰ってきて……リーフ……」

切実に、リーフに帰ってきてほしかった。

仕事が忙しすぎてほとんど眠れていない。お腹《なか》がすいてもご飯を作ってくれる人がいない。

……今まで、ドクオーナが何もせずのうのうと生きてこられたのは、リーフがいたからだ。

「あなたが……こんなに仕事ができる人だって知らなかった。ポーション作りがこんなに大変だって知らなかった……。仕事しながら、あたしのために、炊事も洗濯もやってくれていた、あなたの優しさに……気づいていなかった……あたしが、間違ってた……」

目先の、見かけ倒しな幸せに飛びついて、本当に大切なものに気づけなかったのだ。

きらびやかな貴族の生活がまぶしすぎて、真の幸せがそこにあったことを、見落としてしまっていたのだ。

「リーフ……帰ってきて……リーフ……」

泣き崩れるドクオーナに、アーサーは……。

「そうやって、泣いていても、リーフちゃんは帰ってこないぞ」

現実を突きつける。別に、嫌がらせをしたいわけじゃない。

ここで優しくしても意味がないからだ。

彼女は精神的に未熟なところがある。アスクレピオスが、孫娘を甘やかしてしまったから、今この状況に陥っているのだ。

再び甘い顔をすれば、この女はまたしても、図に乗るだろう。

ドクオーナという女の性根が、いかにねじまがっているか。

それは……同じ村にいる、村長であるアーサーだからこそわかる。

「じゃあ……じゃあどうすればいいのよぉ！」

「自分で考えるのだな」

アーサーはそう言って、薬屋を出て行く。

恩人の孫に対して、冷たい態度を取ることに、少々胸を痛める。だが、この女は周囲から優しくされると、つけあがるだけのクズであることは、重々承知している。リーフを裏切ったことを、しっかりと反省してもらわないと。また同じ悲劇を繰り返すことになる。

だから冷たくしたのだ。

「まってよぉ！　たすけてよぉお！　あたしを、たすけてよぉおおおお！」

だが、アーサーは振り返らない。

「わしは、助けない。村のみんなも助けない」

「なんでぇ⁉」

……ああ、本当に馬鹿なのだなとアーサーはため息をついた。

仕方なく、答えてやる。

「さっきのわしの言葉を忘れたか？　助けてほしかったら、まずは人を助けるべきだった。リーフちゃんのように」

人に優しくされたかったら、人に優しくしなければならない。

「リーフちゃんは、わしらが困ったらすぐに助けてくれた。朝早くだろうと、夜遅くだろうと、嫌な顔ひとつせず、薬を作ってくれた。あの子は、お師匠の言葉をよくよく実践していたよ」

絶望の表情を浮かべるドクオーナに、アーサーは突きつける。

「血の繋《つな》がった孫娘のおぬしよりも、よっぽど……あの人の善なる魂を、受け継いでいるよ、リーフちゃんは」

アーサーが去った後……ドクオーナはその場にへたり込んで、動けないでいた。

そう……今のこの状況は、全部自分のせいだと、やっと気づいたのである。

ポーションを作れないのは、自分がサボっていたから。

生活がボロボロなのは、そのすべてをリーフに押しつけて自分が楽をしていたからだ。

困っている状況で、誰も手を差し伸べてくれないのは……自分が、誰にも手を差し伸べなかったから。

そう、とどのつまり、全部、自分が招いた、結果なのだ。

「う、うぐぅぅう！　リーフぅうう！　リーフぅううううううううううう！」

仰向けに倒れて、ドクオーナが泣き叫ぶ。

「ごめんなさい、ごめんなさい、ごめんなさぁあああああああああい！」

……だが、彼女の言葉は届かない。

リーフはもう、彼女の元には戻らない。

第四章　「薬師《くすし》、実力を遺憾なく発揮する」

僕、リーフは王都に近づいてきた毒蛇を倒した。倒したっていうか、まあ毒を吸収しただけなんだが。

「リーフ君！」

「マーキュリーさん」

杖《つえ》にまたがって、こっちに飛んでくるのは、僕が世話になってる魔女マーキュリーさん。

マーキュリーさんは僕と冒険者たちの上空で止まると、すとんと降下してくる。

「エリアル、無事⁉」

「ああ、マーキュリー。おれは大丈夫だ」

あれ、二人は既知の仲なんだろうか。

気安いし、多分そうだろう。

「てゆーか、心配するなら、全員無事かって聞くのが筋じゃないのか？」

「リーフ君は……うん。負けるわけないから」

「ずいぶんと信頼してるんだな、おまえ」

「まあね……」

マーキュリーさんに信じてもらえるのって、うれしいな。

すごい人だからね、この人も。なにせマーリンばーちゃんのお孫さんだし！

エリアルさんがぐいっと背伸びする。

「ヒドラは無事、彼が倒した。あとは無事に王都へ帰還するだけ」

「その前にこのあたりの消毒をしないとね」

ヒドラの分泌した毒のせいで、草原の草花は枯れ、大地もひび割れてしまっていた。

「帰る前にちゃちゃっと直しますかね」

「そうね……でもいったん街へ戻りましょう。何かあるかわからないし」

「何かって、なんです？」

「帰るまでが冒険だから。まあ、ヒドラ以上にやばい敵なんて、そうそう出ないでしょうけど、絶対」

と、そのときだった。

ゴゴゴゴ……！！！！

「っ⁉　なにこの魔力反応！」

「どうしたマーキュリー？」

マーキュリーさんがエリアルさんの足下を指さす。

「この遥《はる》か地下から、超高速でモンスターが近づいてきてるわ……それも、ヒドラなんて比じゃないレベルの！」

「なんだと⁉　リーフ君、マーキュリー！　撤退を……」

「だめ！ 間に合わない……きゃあああ！」

ドガァアアアアアアアアアアアアアアアアアアン！

地面を突き破ってそいつが姿を現す。

さっきの毒蛇よりも、もう一回り大きな体。

そして……九本の首を持った……。

「な、九頭《ナインヘッド》バジリスクですって⁉」

マーキュリーさんが戦慄の表情を浮かべる。

エリアルさんも身体《からだ》を震わせていた。

「そんな……ＳＳランク。古竜の一種じゃないか！ どうしてこんなところに……」

ぎろっ、と九頭バジリスクの目が僕たちに向く。

『シュラシュシュシュ！ おやおやぁ、吹き飛ばしたはずなのに、どうして生きてるんですかぁ？』

「しゃ、しゃべっただと⁉」

エリアルさんがまたも目をむいてる。

マーキュリーさんは緊張の面持ちで解説する。

「上位の竜種は知性を持つわ。つまり……」

「それだけ、この竜は強いってことか……！」

九本首のやつが僕らを見回す。

『その女も男もザコ。ザコ。ざぁこ……んんぅ～？　ザコしかいないじゃないかぁ』

蛇のやつが僕たち三人を見てブフ……！　と吹き出す。

『なんだぁ。我の毒を消し飛ばしたやつは、もういないようですねぇ』

「毒……ま、まさか⁉」

エリアルさんがおびえた表情を浮かべた。

「あのヒドラは……九頭バジリスクが分泌した毒に過ぎないってことか⁉」

『フシュシュ！　そのとぉり！　あれは我のもつ九つの毒の一つに過ぎない！　しかも……フシュ！　その中でも特に弱い毒でしかない！』

「そんな……」

絶望の表情を浮かべるエリアルさん。どうしたんだろう。おなかでも痛いんだろうか。

「お、おれたちがあんだけ苦労して、それでも……倒せなかったヒドラが、単なる九頭バジリスクの、毒に過ぎない……しかも、最弱だったというのか……」

『フシュシュ！　そうさぁ！　ザコ払いはあの毒にまかせて、我らは食事をいただくという段取りだったのよぉ。ヒドラがやられたから様子を見にきてやったが……フシュ？　どこにいるのだ、聖女、あるいは聖者はぁ？』

「あ……あわ……あわ……」

マーキュリーさんがぶるぶると青ざめた顔で、身体を震わせている。

「やっぱおなか痛いの？　完全回復薬《エリクサー》飲んどく？」

ぶんぶん！　とマーキュリーさんが首を振る。

『フシュゥ？　なんだ小僧、なぜおまえだけ我を恐れない？』

「え？　なんで？　ただの蛇に？」

びしっ！　とその場の空気が凍り付いた。

え？　なに、僕何か変なこと言っちゃった？

『ふ、ふしゅぅ？　き、気のせいかな……？　この我を、古竜のなかでも上位存在……上位竜種を？　言うに事欠いて蛇と……？』

「え、だって蛇じゃん。竜とか名乗ってるくせに、翼ないし」

ぶちぶち、と何かが切れる音がした。

「リ、リーフ君！　なんてことを！」

「え、だってほんとのことじゃん。蛇じゃん」

『ふ……ふふ……初めてですよぉ。この我を、ここまでコケにした馬鹿ザルはぁ……！』

ごっ！　と九頭バジリスクの身体から魔力が吹き出す。

そういや、マーリンばーちゃんが言っていたな。

魔力は通常、人間の目には見えない。

けれどあまりの高濃度な魔力は可視化されるって。

それだけこの蛇が出した魔力が、すごいってことか。ふーん。

『貴様は最上級の竜息吹《ドラゴン・ブレス》で葬ってやろう！　我の最大の一撃……【石化竜息吹《メドゥーサ・ブレス》】でね

え！！！！』

蛇の九つの口に魔力が集まり、そして……照射される。

ビゴォオオオオオオオオオオオオオオオオオオオオ！！！！

吹き荒れる風。

それが通ったところは、一瞬で石化される。

「結界が間に合わない！　逃げなさい！」

「駄目だ！　おれが壁に……ぐぅ！」

ブレスが僕たちに襲いかかった。

……。

………。

…………。

『フシャーシャシャシャ！　全滅だ！　我をコケにした報いですよぉ！　シャシャシャシャー！』

「誰が全滅だって？」

『ナニィイイイイイイイイイイイイイイイイイイイ⁉』

蛇が吐いたブレスを受けても、僕はぴんぴんしてる。

てゆーか、なに驚いてるんだ……？

『あ、ありえん！　この上位竜種の我の全力のブレスを受けて、なぜ無傷なのだ⁉』

「え、だって僕、毒無効体質だし」

『む、むこ……いやいや！ それでもヒドラの毒なんて比じゃないレベルの毒だぞ⁉ それに、我の石化は絶対！ 生物も非生物も！ これを受けて一瞬で石化するんだ！ 毒を無効化する間に窒息して死ぬはず！』

「いやだから、何言ってるの？」

不思議なことを言う蛇に、僕が言う。

「殺されたくらいじゃ、人間って死なないでしょ？」

僕はなんどもアーサーじーちゃんと手合わせしたことがある。

あの人は容赦なくて、急所にすさまじい一撃を入れてくるんだ。

そのたび僕は仮死状態になって、動けなくなってしまう。

だから僕は、死ぬとその瞬間に、体内で蘇生《そせい》ポーションが自動で高速生製されるよう、訓練を積んだ。

結果、死ぬとそれがスキル発動のトリガーとなって、調剤スキル：蘇生ポーションが発動するようにオートでできるようになったのである。

「じーちゃん言ってたよ。殺したくらいじゃ生き物は死なないって。殺すんだったら頭を潰せってさ。あれ、習わなかった？」

口を大きく開いて呆然《ぼうぜん》としてる蛇。

「ちょっと待っててね。今ふたりとも、蘇生させるから。調剤！」

僕は石化を解除する薬と、蘇生ポーションを作り出す。

それを薬師《くすし》の神杖《しんつえ》を使って、ふたりに投与。

石化が解除されて、マーキュリーさんたちが動けるようになった。

「かは！　はあ……はあ……」

「え、え、なに？　何が起きたの⁉　リーフ君⁉」

うん、二人とも無事っぽいな。

「ブレスで死んだみたいだったんで、蘇生させました」

「な⁉　蘇生ですってぇえええええええええええええ⁉」

またも驚くマーキュリーさん。え、何をそんなに驚いてるんだろう？

「蘇生くらいでどうしたんですか？」

「いやいや！　蘇生なんて普通できないから！」

「え？　でも村の人は普通にできますよ？」

「だからあんたのいた英雄村での普通は、普通じゃねえんだよぉおおおおおおお！」

頭を抱えてもだえるマーキュリーさん。

「えー、でもたくさんのばーちゃんたちが、死者蘇生くらいならできたし、普通じゃないんですか？　セイばーちゃんとか」

「死者蘇生できるご婦人がたくさんいるって……やばすぎでしょ……」

あれ、エリアルさんも驚いてる？

「冒険に出るなら蘇生手段は持っとかないとですよね？」

「なにその外に出るならハンカチ持っとかないとね、みたいなノリ！ 神の奇跡だから蘇生はぁあああああああああ！」

マーキュリーさんが絶叫する。

あれ、そうなのか……？

いや、どうなんだろう……うーん、だって魔法使いじゃないアーサーじいちゃんだって、普段は不死鳥の羽根っていう蘇生アイテムを持ち歩いてるし、即死対策は基本って言ってたしなぁ。

『ば、ばかなぁ……こ、この我の一撃を受けて……生きてるどころか……石化を解除だとぉ……』

「ん？ おお、待たせたな。じゃ……採取させてもらうよ」

僕は薬神の宝刀を取り出して、蛇に近づく。

「さ、採取……？」

「はい！ だって上質な毒を分泌する毒蛇なんですよぉ……」

ふふ、おっと笑いが漏れてしまう。

「瓶に詰めておけば、上質な毒がいつでも手に入るじゃないですか」

毒も転じれば薬になる。

薬を作るとき、毒性のある物質も必要となるのだ。

こいつはいくつも、すごい毒を持っているらしい。

薬を作る上で、すごい役に立つってことだ。

「で、でも死んだら毒なんて分泌しないんじゃ……」

「ああ、大丈夫大丈夫。死なないように、殺しますから」

「どういうことなの⁉」

僕は薬神の宝刀に、薬を充塡する。

「【調剤：不老不死の霊薬】」

「なっ⁉」

刃が七色に輝く。僕は一瞬で九頭バジリスクに近づく。

『ひぃいいいい！　いやぁあああああああ！』

「せいっ！」

スパパパパパパン……！！！！

……ぶつ切りにされた九頭バジリスクの肉が、ボトボトとその場に崩れ落ちる。

僕はマーリンばーちゃんからもらった、天目薬壺《てんもくやっこ》を取り出す。

ずうぉおおお！　と壺の中に、馬鹿でかいバジリスクの肉が吸い込まれていった……。

「よっしゃ！」

「よっしゃ、じゃないわよぉおおおおおお！」

マーキュリーさんが叫ぶ。この人叫びすぎじゃない？

「大丈夫、喉痛めません？　完全回復薬《エリクサー》の……」

「飲まねえよ！　だから喉薬感覚で完全回復薬《エリクサー》使うんじゃねえよ……！」

地団駄踏むマーキュリーさん。

あ、元気っぽい。

「今の何⁉」

「え、だから不老不死の霊薬をあいつに投与したんです。これなら、死なないでしょ？」

「いやいやいや！　不老不死の霊薬って！　そんなの伝説の偉人！　大賢者ニコラス・フラメルしか作れなかった、超伝説級のアイテムじゃないのよ！」

「え、そうなんですか？」

でも僕に教えてくれたセイばーちゃん、普通に作ってたけど……？

「そうなのよ！」

「し、しかもリーフ君……君なにしたの？　一瞬であの巨体がバラバラになったんだが……？」

あれ、エリアルさんは見えてなかったのか？

「単に近づいて、ぶった切っただけですけど……」

唖然《あぜん》、呆然とした顔の二人。

あれぇ……？

「えっと……僕、何かしちゃいました？」

二人は見る見るうちに、顔を赤くすると……。

「「何かしちゃいましたじゃねえよ！　やらかし過ぎなんだよぉおおおおお！」」

《マーキュリー Side》

わたしはマーキュリー。

マーリンおばあさまの娘の、娘。つまりは孫だ。

お母さまは高名な魔法使いで、現在は王国の宮廷魔法使いをしている。

わたしもまた母の才能を受け継いでる。いわば、天才だ（どやぁ……）。

幼少期からチヤホヤされまくったわたし。

いやぁ、将来は明るいなぁ！　だってわたしは天才だしなぁ……！

と調子に乗っていられたのは、幼い頃のうちだ。

わたしは、デッドエンド村にいる、マーリンおばあさまのとこへ、一時的に預けられることになった。

お母さまの意図としては、図に乗りだした小娘（※わたし）の、鼻っ柱を砕くためだったのだろう。

確かに……わたしは井《い》の中《なか》の蛙《かわず》だった。大海を知らなかった。

……自分より、遥かにすごい存在がこの世にはごまんといることを。

こうしておばあさまのところに預けられて数年、すっかり自信を失った……というか、自分があまりたいしたことがないと知ったわたしの考えは、変わった。

すなわち。

本物の天才には、なれないと。

だから英雄は目指さないと。

魔法学園を首席で卒業して、いろんなところから引く手あまただったけども。

わたしは全部断った。だって結局、自分よりすごい人はたくさんいるわけだから。

まあ、そこそこ裕福な暮らしができればいっかなーっという考えのもと、王都で何でも屋みたいなことを始めた。

幸いにして、わたしは鑑定眼を持っていたので、それを使って鑑定士として働けることになった。

英雄にはなれないけど、まあいいのだ。平凡な生活も悪くない。

そう……思っていた。

彼が、わたしのもとへ来るまでは。

☆

リーフ君がヒドラと九頭バジリスクを討伐した、その日の夜。

わたしは寝室で一人、大の字になっていた。

「はぁ……やばすぎでしょ、あの子……」

リーフ・ケミスト君。

英雄たちの集う村、デッドエンド村の出身で、治癒神アスクレピオスの弟子。

さらに剣聖アーサーおじいさまから剣術と、大賢者マーリンおばあさまから魔法とスキルの知識
およびチートアイテムの付与。

「……ほんと、すごすぎでしょ」

あの子は本物の天才だ。

英雄村の住民にふさわしい、まさに英雄の卵といえよう。

だって古竜を一撃で、上位竜種も一撃で倒してるのよ？

ありえないでしょ！　なんなのあれ⁉

「レベチすぎて笑えるわ……はは」

と、そのときである。

『マーちゃん、マーちゃん、聞こえる？』

「⁉　この声は……おばあさま⁉」

うっそ⁉　なんで、マーリンおばあさまの声が⁉

いったいどこから……？

すると、部屋の隅の大きめの包みが目に入った。

ああ、そういえばわたしあての荷物が、ギルドに届いていたんだっけ。

わたしが包みを破くと、そこには大きめの姿見があった。

「この鏡は……まさか！」

『そのまさかよぅ、マーちゃん。【幻夢の鏡】。一対《つい》の鏡になっていて、映した姿をリアルタイムで、相手の鏡に映し出す魔道具《マジックアイテム》』

「そ、そんな伝説級の魔道具を、ぽんと送ってくるなんて……」

わたしのため、ではないのだろう。

おそらくは、リーフ君のためだ。

そりゃそうだ。マーリンおばあさまが一番かわいがってるのはリーフ君なんだから。

……わたし、あなたの孫なんだけどなぁ。

「鏡まで送って、そんなにリーフ君のことが気になるんです？」

『何言ってるのぉ？　あなたのことも、気になってるわ。リーフちゃんの様子もそうだけど、あの子に振り回されてるだろう、あなたの様子もね』

……ああ、いちおう気にかけてはくれてるんだ。

まあでも、ついで感があるな。

『リーフちゃん、どんな感じかしらぁ？』

やっぱりリーフ君の近況が知りたくて送ってきたのね。

ほんと、愛されてるわね、彼。あの村のみんなから。

彼が愛されるのは、才能があるから。かなぁ……はぁ。

劣等感にさいなまれながらも、わたしは彼の近況を話す。

『あらまあヒドラと九頭バジリスクを。すごいわぁ。さすがリーフちゃんねえ』

おばあさまが感心したように言う。やっぱり、甘い。

いやね、確かにすごいよ？　本当にすごいことだと思うよ？

……わたしのことは、おばあさま全然褒めてくれなかったのよね。あの村にいたころは。

やっぱり才能の差かなぁ。

『上位竜種を倒したんだから、もうSランクくらいには余裕でなったわね？』

「いや、認められませんでした」

『あらぁ？　どうして？』

「九頭バジリスクの死骸を、リーフ君が全て瓶詰にして回収したからです。ギルドは、倒したモンスターの一部を提出しないと、討伐したって認めてくれないですから」

ヒドラについても同様だ。あの毒魔竜の毒は、全部リーフ君が吸い取ってしまった。

ゆえに、討伐したって扱いにはならなかったわけで、リーフ君は昇格しなかったのである。

『あらぁ……』

すっ、とおばあさまの目が細くなる。

ぞくっ！　とするくらいの、殺気を放っていた。

『ギルド……潰しちゃおうかしら』

「だめだめだめ！　何言ってるのおばあさま！　あなたは火球《ファイヤー・ボール》一発で、王都を地図から消しちゃうレベルで強いんですからね⁉」

『ほほ、わかってるわよぉ。冗談よ冗談♡』

ぜんっぜん冗談に聞こえなかったんですけど⁉

まじで潰す気だったわこのおばあさま。こわ……。

リーフ君が認められなかったからって、本気で怒ってたわ。

どんだけ孫バカなのよ。まったく……孫はわたしでしょうに。

はーあ……才能のない孫は孫じゃないですか？　はーあ……。

ま、才能ないのは事実だけど、さ。

『マーちゃん』

「なんですか……？」

『どうして、そんなに気落ちしてるの？　何かつらいことでもあったかしら？』

おばあさまが気にかけてくれる。

つらいこと？　そりゃ、現在進行形で起きてるっての。

……なんか、腹立ってきた。急にあんな爆弾《りーふくん》送り付けてきて、才能の差をまるで、見せつけるかのようにしてきて……。

「別に……ただ、当てつけみたいに思えて」

『当てつけ？』

「才能のないわたしに、あんな才能あふれまくってる超すごい子を預けるなんて、当てつけ以外の何物でもないですよ」

わかってる、おばあさまはそんなひどい人じゃないって。

でも、リーフ君には才能があって、わたしにはないのは事実じゃないか。

『マーちゃん……』

「男の孫みたいな子ができてさぞかわいいでしょうけどっ。わたしもいちおうあなたの孫なんですけどねっ！」

言ってから、わたしは冷静になった。世話になったおばあさまに、わたしはなんて酷《ひど》いことを……。

自分に才能のないことを、他者のせいにしても、無意味なのに。

「……すみません。おばあさまには恩義があるし、この店を作る資金の援助を受けたこともありますし、しばらくリーフ君の面倒は見ますから。ご安心を」

『マーちゃん……あたしはね、』

「もう疲れたんで、寝ます……おやすみなさい」

わたしは気まずくて、鏡に布をかける。

こうすると、向こうからの通信を一方的に切ることができる。

わたしはベッドに大の字になって倒れる。

ああ、自己嫌悪……おばあさまに何を当たり散らしてるんだ。

リーフ君も、おばあさまも、悪くないのに。

彼は、すごい。すごすぎる。それに対して、うらやましいってやっぱり思ってしまう。

おばあさまに、あんなに愛してもらえる、気にかけてもらえるなんて、ずるい。

わたしだって、もっと気にかけてほしいのに……。

と、そのときだった。

コンコン。

「マーキュリーさん。起きてますか？」

☆

部屋に入ってきたのは、リーフ君だった。

わたしは彼と一緒に、なぜかお茶をしていた。

「え……やば、めちゃ美味《うま》い……」

彼の淹《い》れたお茶は、今まで飲んだことないくらい、おいしかった！

なにこれ⁉　わたしが今まで飲んでたの、泥水⁉

「こんなおいしいの、初めて飲んだわ……」

「そうですか！　よかった！　僕、薬師《くすし》だから、薬草を使ったお茶作るの得意なんですよ！」

「はは、そう……ってあれ？　肩こりが治って、頭が痛いのもなんか……」

わたし、胸が結構あるから、慢性的に肩こりで、また本も読むから、眼精疲労持ちだったの。

けれどリーフ君のお茶を飲んだ瞬間に、体調が万全になった！

なにこれ⁉

「これ、草健美紅茶っていうんです」

「そうけんび、こうちゃ？」

なんだろう、そのネーミングはあまり使っちゃいかんって思ってしまうわたしがいた。

理由は不明。

「草健美紅茶は、紅茶なんですけど薬でもあるんです。飲んだ人の代謝をよくして、健康にも、美容にもいいお茶なんです」

「まじか……まじだ。なんかお肌つるつるになってるし」

しかも何十時間も熟睡したみたいに、目がしゃっきりしている。

なにこれ……売れば、たちまち大金持ちになれるじゃない！

「こんなお茶、どうしてわたしに？」

「マーキュリーさんに、元気になってもらいたくって」

「っ⁉　そ、そう……ありがと」

どうやら一目で、わたしが元気ないってわかってしまったのだろう。

そんなに感情が顔に出ていたのか。明日からも仕事があるし、気を付けないといけないのに。

「何かあったんですか？　悩みがあるなら、聞きますよ」

……あんたがすごいから、わたしが凹《へこ》んでるのよ。

なんて、この子に言うのは、いじわるよね。

だってこの子、悪い子じゃないし。

わたしが落ち込んでたら、元気になるようにってお茶を淹れてくれたわけだし。

「ありがとう。でも大丈夫だから」

「そうですか……あ！　これ、幻夢の鏡ですよね！」

部屋の隅に置いてある、おばあさまからの魔道具を見て、リーフ君は目を輝かせる。

「おばあさまが送ってきたの。リーフ君の様子を教えてって」

「へえ……あ、僕使ってみてもいいですか！」

「え？　ああ、どうぞ」

まあ別にいいか。リーフ君も久しぶりにおばあさまと話したいんだろう。

わたしは邪魔しちゃいけないから、部屋を出ていく。

「風呂入ってくるね。ごゆっくり」

☆

風呂から戻ってきて、わたしは自分の部屋に入ろうとする。

「マーキュリーさんって、すごいよね」

部屋から、リーフ君の声が聞こえてきた。

多分おばあさまと話してるんだ。

「何でも知っててすごいし、あと鑑定眼！　あれほんとすごいよね」

『そうなのよぉ、リーフちゃん。あの子も、本当はものすごい才能の持ち主なのよ』

……え？

おばあさま……？

「そうだよね。前言ってたもんね、鑑定眼って、使い方をきちんと知らないと、宝の持ち腐れになる。けど、マーキュリーさんはちゃんと使いこなせてるって。だからすごいって」

……そんな、こと。

言ってたの、おばあさま？

なんで、わたしの前じゃ、そんなふうに褒めてくれたこと、一度もないのに……。

『ええ、すごい子なの。でも、すぐに調子に乗っちゃう子でもあってね。だから、あえて厳しく育てたのよ。そしたら、自信がぽきっと折れちゃったみたいでね』

そんな。そう、だったのか……。

あの厳しさは、愛情の、裏返しだったなんて。

『リーフちゃん、お願いがあるの。あの子のこと、うんと褒めてあげて』

「そりゃもちろん！　だってマジにすごいし！」

『よかった。あたしはね、あなたと同様に、あの子にも期待してるの。停滞を是《ぜ》として、今の立場に甘んじてるあの子に、もう一度やる気を取り戻してほしい。その起爆剤となればと思って、あの子のもとにあなたを送ったの』

……そう、だったんだ。

当てつけじゃ、なかったんだ。

「ばーちゃん、ほんと孫バカってか、大好きだよねマーキュリーさんのこと」

『当たり前でしょぉ。あの子は、可愛《かわい》い可愛い我が孫なんだから』

……気づけば、わたしは泣いていた。

そっか、リーフ君だけじゃなくて、ちゃんと、わたしのことも想《おも》っててくれたんだ。

「ばーちゃんの意図はわかったよ。僕、マーキュリーさんに刺激与えまくるね！」

『ええもう、手加減無用よぉ。リーフちゃんは、もう思う存分暴れてあげて。それを見たあの子が、なにくそって、がんばろうって、また上を向いてくれるように』

ああもう……。

わたし、なんて馬鹿だったの……。

おばあさまも、リーフ君も、悪人じゃないってわかっていたのに。

当てつけだなんて、馬鹿らしい。

そんなことするわけないいじゃないか。

ああ、ほんと……馬鹿だなぁ、わたし。

「じゃあね、ばーちゃん！　お休み！」

通話が終わる。ああ、だめだ。こんな、泣いてる姿、見せられないよ。

わたしが立ち去ろうとした、そのときだ。

「マーキュリーさん」

ドアが開いて、彼が出てくる。

「ほらね、ばーちゃんいい人だったでしょ？」

「！　き、気づいてたの？」

「まあ、なんとなく」

わたしがつまらないことで悩んでたことに、彼は気づいてたんだ。

だから、おばあさまの意図を、聞かせるために、わざと……。

トクン。

「ばーちゃんから、頼まれたからさ。これからも僕、マーキュリーさんに迷惑かけ続けるよ！　ごめん！」

トクン、トクンって、胸が高鳴ってる。

なに、これ？　なんなのだろう、この気持ち。

顔が熱くなって、彼を見てるとドキドキする。

笑顔になれる。ああこれって、まさか……。

「マーキュリーさん？」

「な、なんでもないわ。も、もう夜も遅いし、寝なさい」

「はい！　おやすみなさい！」

彼はあてがわれた部屋へと向かう。

その姿をずっと、後ろから見ていた。

トクントクンって、まだ心臓が、強く脈打ってる。

わたし、年下好きだったのね……。

まあ、何はともあれ。

わたしのちんけな悩みは、彼によって解消されたわけだ。

「ありがとう、リーフ君。……これからも、よろしくね」

《リーフSide》

ある日のこと。居候先の店、彗星工房にて。

「やぁマーキュリー。リーフ君はいるかい？」

「エリアル？　どうしたの」

エリアルさんは僕の所属するギルド、天与の原石のメンバーの一人。

Sランク冒険者の、凄腕《すごうで》の剣士だ。

短く刈り込んだ茶髪に、すらりとした体軀《たいく》。そしてイケメン。うらやましい。

「実はちょっと、リーフ君に頼みたいことがあってね」

「僕にですか？　なんです」

「弟の悩みを聞いてやってほしいんだ」

「弟……？」

はて、弟なんてどこにいるんだろうか？

すると、エリアルさんの後ろに、誰かがいることに気づく。

「後ろの子が弟さんですか？」

「ひぃ！　ご、ごめんなさいごめんなさい！」

エリアルさんの後ろに、小さな男の子がいた。

兄貴と違って、ちょっと気弱そうな印象の少年である。

「ミオ……そんな怯《おび》えなくてもいい。リーフ君は怖い人じゃないから」

「ミオ？」

それが弟君の名前だろうか。

「で、でで、でも！　こ、古竜や上位竜種をワンパンで倒した、やばいやつなんですよね⁉」

「いや、そんなことしてないですよ？」「いや、したわよ」

はぁ、とマーキュリーさんがため息をつく。

「こないだ倒したでしょ、ヒドラと九頭バジリスク」

「え、でもあれどっちもただの毒蛇ですよね？」

「で、ミオ君はこのやばいやつに、何の用事なのかしら？」

あれ？　なんかスルーされてる？　まあいいけど。

ミオ君が何かを言おうとして、でも、エリアルさんの後ろに隠れてしまう。

お兄さんはあきれたようにため息をついて説明した。

「実はこいつを強くしてほしいんだ」

話をまとめるとこうなる。

ミオ君は冒険者だ。

すごい職業《ジョブ》、【二刀流剣士】を持っている。

だが冒険者を始めて五年たつのに、まだFランクなのだそうだ。

「二刀流剣士って、すごいじゃない。希少職《レアクラス》よ」

「マーキュリーさん、希少職って？」

「とても珍しい職業《ジョブ》のこと。ほんのひと握りの人間しか持てないと言われてるわ。現に、英雄って言われてる人たちはみんな希少職よ」

へー……そうなんだ。

じゃあじーちゃんばーちゃんたちも希少職なのかな。

ん？　それって全然希少じゃなくないか？

エリアルさんが話を続ける。

「ミオは希少職なんだが、いかんせん気弱でな。自分の能力を全く活《い》かせていないんだ」

「気弱って……たとえば？」

「一人で街の外に出られない」

「弱すぎでしょ……冒険者向いてないわ」

ぶんぶん！　とミオ君が首を横に振って言う。

「で、でで、でも！　ぼ、ぼく……兄ちゃんみたいな、強い冒険者になりたいんです！」

なるほど……お兄さんに憧れを抱いているのか。

だから冒険者にこだわっていると。

「頼む、リーフ君。君の薬で、どうにか弟を強くしてやれないだろうか」

マーキュリーさんがため息交じりに言う。

「あのねぇ、エリアル。仮に薬の力で強くなっても、それは一時的なもの……ドーピングよ？　ほんとの意味で強くなったとは言えないんじゃない？」

「それは……たしかにそうかもしれない。けれど、自信を持たせてやりたいんだ」

なるほど。

話をまとめると、ミオ君はポテンシャルはすごい。でも気が弱くて万年Fランク。

彼にどうにか自信をつけさせて、落ちこぼれから脱却させたいと。

ふむ。なるほど。方法は、あるな。

「わかりました。僕が何とかします」

「おお、ほんとかい！　ありがとう！」

「ちょっと準備してきますんで、待っててください」

僕はマーキュリーさんの作業場を借りることにする。

後ろからついてきた彼女が不安げな表情で言う。

「なんで引き受けたの？」

「同じギルドの仲間ですから。仲間は大切にしなさいって、いつもばーちゃんたち言ってたし」

作業場へとやってきた僕は、大気中の水分を集めて、天目薬壺《てんもくやっこ》の中に入れる。

そして、調剤スキルを発動させずに、瓶の中に注いだ。

「これ……透明だけど、水？」

「そうです。ただの水です」

「あなたが言うとただの水が、ものすごい水に聞こえるんだけど……」

「いや、今回は本当のただの水ですよ」

「何よ本当のただのって……まあいいわ。それをミオ君に与えて、どうするつもり？」

「まあ見ててください」

僕は水の入った瓶を持って、ミオ君たちのもとへ行く。

「お待たせしました。僕特製の、ええと、飲めばたちまち元気びんびん二四時間働けるようになるドリンク、略して元気ドリンクです！」

「なんかやばい薬にしか聞こえないんだけど……⁉」

しかしその実体はただの水だと知ってるマーキュリーさんは、元気ドリンクを不安そうな目で見てる。

まあ見ててください。大丈夫ですから。

「こ、これを飲めば、ぼ、ぼくも強くなれますか？」

「ああ。僕が保証するよ。大丈夫、僕を信じて」

ミオ君の不安そうな顔に、ぱぁっと光が差す。

「はい！　ぼく、リーフさんのこと信じます！　エリアル兄ちゃんが、めちゃくちゃすごい薬屋って、べた褒めしてたから！　だから、ぼくも信じます！」

なるほど、僕の言葉じゃなくて、僕を信じる兄貴を信じることにしたのか。

まあどっちでもいい。

「じゃ、しっかりそれ飲んで冒険に行ってね。あと今日から毎日ここに通うこと。その都度出してあげるから、元気ドリンク」

「はい！　じゃあさっそく、いただきます！」

ミオ君は僕の作った元気ドリンク（※ただの水）を飲む。

「ぷはー！　うまい！　こんな飲みやすい薬初めてです！」

「……そりゃ水だからねただの」

ぼそっ、とマーキュリーさんがつぶやく。

だめだめ、それを言ってしまったら、意味がない。

「なんか、ぼく、行けそうな気がします！　うぉおおお！　やるぞおおお！」

☆

その日の夜。

「リーフさん！　やりました！」

どさっ！　と工房のカウンターに、モンスターの死骸を載せる。

「ぼく、ついにモンスター、一人で倒せました！」

「おお。おめでとう！」

カウンターの上にはただの狼《おおかみ》が横たわっている。

見たことないが、まあ多分モンスターなのだろう。自己申告してたし。

「これもリーフさんの元気ドリンクのおかげです！　ありがとうございました！」

「いえいえ。また明日も来るんだぞ」

「はい！」

ミオ君は意気揚々と、死骸を担いで帰って行った。

マーキュリーさんが目を丸くしながら訊《たず》ねてくる。

「どうなってるの……？　Ｆランクで今まで戦えたことのなかったあの子が、Ａランクのモンスターを倒したなんて」

Ａランク……？

よくわからないけど、やっぱりさっきのはモンスターだったんだ。

うちの森じゃどこにでもうじゃうじゃいるような、普通の狼だったけども。

「マーキュリーさんは、プラシーボ効果って知ってます？」

「ぷらしーぼ……？」

「偽薬効果とも言います」

　僕は彼に飲ませた元気ドリンクを手に取って説明する。

「彼はこのただの水をすごい薬だと思い込んで飲んだ。すごい薬なのだから、さぞすごい効果をもたらすだろう……そう思い込むことで、本当にすごい効果を発揮する。これがプラシーボ効果です」

「なるほど……思い込みの力ってことなのね」

「はい。彼は希少職。ということは強くなるポテンシャルは十分でした。思い込みの力で、自信のなさを解消してあげれば、本来の力を発揮できて、結果が出せるって寸法です」

「はぁ～……なるほどね。初めて知ったわ。物知りね、リーフ君って」

　いちおう薬師《くすし》だからね。

　薬の作り方以外にも、薬の使い方も心得てる。

「てっきり今回は、リーフ君が作ったやばい薬でドーピングするのかと思ってたわ」

「マーキュリーさんも言ってたじゃないですか。薬による強化は一時的なものだって。それじゃ意味ないんです。プラシーボ効果で自信を持たせて、本当の実力を発揮できるようになったほうがいい」

「そうね。薬が切れたら何も出来なくなるわけだし……ふふ、さすがリーフ君。色々考えてるのね」

☆

翌日からも、ミオ君はうちで元気ドリンクを飲んで、冒険に出発する日々を繰り返した。

「リーフさん！　おれ、今度はクマ倒してきました！　一〇匹も！」

「すごい！」

「赤熊《ブラッディベア》じゃない！　Aランクモンスターよ⁉」

あくる日。

「リーフさん！　見てくれよ！　おれさまドラゴン倒したぜぇ！」

「すごい！」

「すごいけど……な、なんか性格変わってない……？」

さらにあくる日。

「ひゃっはぁあああああ！　見ろよリーフの兄貴ぃいいいい！　古竜を素手で倒してきたぜウェエエエエエエエエエエエエエエイイ！」

「ちょっとまったあ――――――――――――――！！」

マーキュリーさんがストップをかける。

「どぉおおおしたんですかマーキュリーの姉御おぉおおおおう⁉」

「変わりすぎでしょ⁉　なにそのゴリゴリマッチョな身体！」

気づけば、確かにミオ君、でっかくなっていた。

身長は二メートルくらい。

もうびっくりするくらい筋骨隆々なボディ。

上半身はほぼ裸で、素肌にベストを一枚。

とげとげのピアス、じゃらじゃらとした銀のアクセサリー。

そして頭をモヒカンにして、顔にはタトゥーを入れている。

「ひゃっはー！　モンスター倒しておれっちもベリベリすとろぉおおおんぐになったのさー！　筋肉ビルドアップ！」

「いやビルドアップとかいうレベルじゃないでしょ！　見た目も！　しゃべり方も！　性格も！　変わりすぎなのよぉおおおおおおおおおお！」

確かに、ちょっと見た目がかっこよくなってる。

「でもほら、マーキュリーさんもお化粧するし、アクセサリーだってつけるじゃないですか。都会ってそんなもんじゃないんですか？」

「わたしのおしゃれを、これと同列だと思ってたの⁉　くっそショックなんですけどぉおおおおおおおおお⁉」

なんでショックなんだろうか……。

「リーフ君……いくらなんでも……これおかしくない？　だって思い込み効果なんでしょ？　それでこんな、人格ががらっと変わるくらいの効果って出るもんなの？」

「うーん……確かに、ちょっと効きすぎな気がしますね……」

そのときだ。

「う、うぐうぅううう！」

「ど、どうしたのミオ君⁉」

急に、ミオ君が苦しみだしたのだ！

「げ、元気ドリンク……ドリンクをぉ～……はあはあ……あ、あれがないとおれっちは……ぐぉおおおおおお！　ドリンクぅうううううううう！」

ミオ君が暴走しだした！

手当たり次第、ものを破壊しだす！

「ちょっ⁉　リーフ君止めて！」

「はい！　【調剤：睡眠薬《スリープ》】！」

どさっ！

暴走をやめて眠ったミオ君を見て、ほっと息をつくマーキュリーさん。

「ちょっとリーフ君！！！　どうなってるのよ！　ただの水のはずじゃないの⁉　かんっっっっぜんに、中毒症状出てたじゃないの⁉」

「あれ……おかしいな。ただの水なのに……」

僕は天目薬壺《てんもくやっこ》を取り出して、瓶に水を注ぐ。

「やっぱりただの水なんだけど……」

「ちょっと貸して、【鑑定】！」

マーキュリーさんは鑑定眼を持っている。その物に秘められた情報を見ることができるのだ。

「ってなによこれぇえええええええええ！」

「え、どうしたんですか？」

「どうしたじゃないわよ！　なにがただの水よ！　【超神水《ちょうしんすい》】じゃない！」

それがどうしたんだろう……？

「なにそのぽかんとした顔！　超神水よ⁉　世界最高の水！　飲んだだけで疲労回復、寿命が延びて、若返るだけじゃない。他の薬草などと組み合わせて、永続的な効果を発揮し、錬金術にも使われる、超超超レアな水じゃないのよぉ……！」

あれ？

そんなすごい水なの、これ……？

「でもこの水、僕が薬作るときにいつも使ってる、ただの水ですけど？」

「くそっ！　異常者の自己申告の普通は、信じちゃだめだった！　くそっ！」

「異常者？　誰？」

「あんたのことだよぉおおおおおおおおおおおおおおお！」

……その後、ミオ君の中毒症状は、僕の治療によって治った。

超神水を飲んだとはいえ、モンスターをたくさん狩ったことで彼は自信をつけ、結果、お兄さんと一緒のSランク冒険者になった。

「ひゃっはー！　リーフの兄貴まじ感謝！　おれっち一生あなたの舎弟でいきますので夜露死苦《よろしく》

う！」

「マ、マーキュリー！　弟がグレた！　助けてくれ！」

エリアルさんが助けを求めてきたけど、マーキュリーさんは引きぎみに言う。

「ま、まあ……当初の予定通り、自信を持たせて、強くなったから……いいんじゃない？」

「そうですよ！」

「あんたはちょっと反省しなさい……！！！」

☆

ある日のこと、冒険者ギルド天与の原石にて。

僕は受付嬢ニィナさんに呼び出された。

そこには、Sランク冒険者エリアルさんと、パーティ黄昏《たそがれ》の竜の人たちが集まっていた。

「リーフさん。実はお願いがあるんです。彼らに同行して、隠しダンジョンに潜ってほしいのです」

「隠しダンジョン……？」

聞いたことのない単語だ。

バディのマーキュリーさんが説明してくれる。

「ごくまれに、ダンジョン内で発見される、隠されたダンジョンよ。そういうのに限って、たいてい、めちゃくちゃ難易度が高いのよね」

「難易度の高いダンジョンに、どうして僕が？　Ｆランクですよ、まだ」

Ｓランクのエリアルさんが疑問に答えてくれる。

「実はギルドメンバーが、隠しダンジョンから戻ってこなくてね。しかも、救難信号が送られてきた」

「救難信号って……たしかギルドから支給されてる魔道具ですよね？」

僕もここへ入ったときにもらった。

お札《ふだ》のような魔道具で、ピンチの際にこれに魔力を込めると、ギルドに危険を知らせることができるらしい。

バディ制度といい、本当に新人に優しいなって思ったんだよな。仲間思いというか。

「なるほど、隠しダンジョンに潜った仲間から救難信号を受けたので、エリアルさんたちが助けにいく。そこに、同行しろってことですね？」

「話が早くて助かるよ、リーフ君。怪我人がいた場合、治療できる人がいたほうがいい」

それなら治癒術師が行けばいいと思ったのだが、このギルドにはどうやら腕のいい治癒術師で、隠しダンジョンに潜れるほどの手練《てだ》れはいないのだそうだ。

回復役を連れてっても、自分の身を守れないと、逆にお荷物になるからと。

……あれ？

「確かに僕は怪我人の治療できますけど、別に手練れってわけじゃないですよ？　Ｆランクのただの薬師《くすし》ですし」

エリアルさん、ニィナさんが苦笑いし、マーキュリーさんが頭を抱えて叫ぶ。

「いつになったら自分が規格外だって気づいてくれるのよぉおお！」

「マ、マーキュリーも大変だな……。しかし彼は謙虚だね」

「謙虚っていうか、彼の村の老人たちがもう異常すぎて、感覚がバグってるのよね……」

感覚が、バグってる？

そうだろうか。わからん。ただ確かにじーちゃんたちは強い。僕は弱い（結論）。

「今回の依頼はリーフさんにしかできないのです。お願いします！」

ニィナさんが頭を下げてくる。

新人に手厚く、優しいこのギルド。そのメンバーが困っているのだ。助けないわけがない。

師匠も言っていた。その力は他人のために使いなさいって。

「わかりました！　僕、ついていきます！」

おお、と皆さんが歓声を上げる。

「足手まといかと思いますが、よろしくお願いします！」

お、おう……と皆さんが微妙な顔をしていた。なんで？

こうして僕は、隠しダンジョンに救助へと向かうのだった。

☆

目当てのダンジョンは王都からほど近い森の中にあった。

ダンジョン。迷宮とも呼ばれている、らしい。

モンスターやトラップがうじゃうじゃ、何人もの冒険者が命を落としている、やばい場所、らしい。

隠しダンジョンはそんなダンジョンの中に、ランダムで発生する、さらにやばいダンジョン、らしい。

「らしいらしいって、リーフ君ダンジョンって初めてなの？　意外ね」

僕の隣を歩いてる、マーキュリーさんが尋ねてくる。

「はい。修業や薬草採取は、全部奈落の森《アビス・ウッド》でやってたので。ダ、ダ、ダンジ、ジョ、ン、は初めてです」

「あ、うん。なんとなくわかったわ、この後の展開……」

なんだかぐったりしてるマーキュリーさん。

ここまでで疲れたんだろうか。

「完全回復薬《エリクサー》飲んでおきます？」

「ありがとう……もう突っ込まないからね……はぁ」

ごくごく、とマーキュリーさんが完全回復薬《エリクサー》を飲む。

ここへ来る前にストックは十分に作っておいたのだ。

「けど、大丈夫でしょうか。ダンジョンってやばいとこなんですよね？」

「大丈夫よリーフ君。君がだめなら、もうおしまいだから」

「ええ！　だいじょぶじゃないじゃん！」

「だから！　あんたが最強なんだから、あんたがだめなら誰も勝てないって意味なの！」

「そんな、僕は弱いですよ」

「んもぉおおおおおおおおおおお！」

マーキュリーさんが悶《もだ》えてると……。

先頭を歩くエリアルさんが立ち止まり、真剣な表情で僕たちを見やる。

到着したのか。く、緊張するぜ。

「この壁がフェイクになってる」

エリアルさんが壁に手を置くと、ずずず……と壁の中に入っていった。

おお、サスケじーちゃんみたい。あの人のニンジュツ、壁抜けみたいだ。

「幻術魔法で壁に偽装されてるのね」

マーキュリーさんも壁の中に入っていく。僕もそのあとに続いた。

さっきまでの土むき出しのダンジョンとは違い、中は青白く発光する、不思議な鉱石でできていた。

「ここからはモンスターだけでなく、トラップにも十分に気を付けること」

「はい！　あ、エリアルさん！」

「どうしたリーフ君？」

「足元に硫酸トラップが……」

かちっ！

「うぎゃぁあああああああああああああ！」

「エリアルぅうううううううううう！」

大変だ！

エリアルさんがトラップに引っかかった。

いきなり彼の足元に穴があいて、落ちていったのである。

僕は即座にトラップに飛び込んでいく。

「リーフ君⁉　硫酸トラップなのよぉおおおおおお⁉」

僕は空中でエリアルさんをキャッチ。

そのまま上へと、彼だけぶん投げる。

「リーフ君⁉」

エリアルさんは地上へと戻っていった。上で待ち構えていた仲間さんたちがキャッチしたし。うん、よかった。

どっぼおぉおおおおおおおおおおおおおおおん！

「いやぁあああ！　リーフ君が硫酸トラップにぃいいいい！」

「すぐ助けないと！」

「む、無駄よ……硫酸の溜まった落とし穴に入ったの。一瞬でドロドロに決まってるわ……」

「え？　生きてますけど？」

僕は落とし穴からよいしょと出てくる。

ぽかんとしてる、マーキュリーさんとエリアルさん。

「なんで生きてるの⁉」

「なんでって言われても、僕、毒無効体質ですし」

薬師《くすし》の修業の一環で、幼いころからたくさんの毒草や毒物を摂取していた。

あらゆる毒に対する完全な耐性を得たのである。

「そ、そっか……リーフ君、ヒドラの溶解毒を受けてもぴんぴんしてたわね。今更硫酸くらいじゃ効かないのね……」

「ぶ、無事でよかった……ありがとう、助けてくれて」

ぺこりと、深く頭を下げるエリアルさん。

「いえ、仲間を助けるのは当然です！　感謝なんて不要です！　服が汚れなくてよかったですね」

「あ、あんたねえ！　服が汚れる程度じゃすまないわよ！　硫酸にダイブしたら！」

「え、そうだったんですね」

「そうよ！　溶けて死ぬんだから普通は！」

「？　生きてますけど？」

「あんたは普通じゃないのっ！！！！！　なに、わたしのセリフ聞こえてないの⁉　耳詰まってるの⁉」

「いえ、聞こえてます！　硫酸は耳に詰まってないです！」

「そういう意味じゃなくて、もぉ！」

マーキュリーさんが頭を抱えてしゃがみ込んでしまう。

あ、ちなみに僕の服は硫酸で溶けてない。僕の着てる師匠のマントは、めちゃくちゃ丈夫で、絶対に破れないし溶けないいんだよね。

一方、エリアルさんは戦慄の表情で「ドボンする前に助かってよかった……！」となんか青ざめた顔で言っていた。

「というか、リーフ君、どうやってトラップに気づいたんだ？」

「僕、鼻がいいんですよ。森の中で薬草をかぎわけて、採取しまくってたんで」

「なるほど……硫酸のにおいをかぎ取ったってわけか。すごい」

しかしトラップがこの先もあるんだったら、僕の鼻が役に立つかもしれないな。

人の役に立てるのって、いいな！

「隠しダンジョンのトラップ、不憫《ふびん》ね……こっちには嗅覚お化けがいるから」

「嗅覚お化け？　誰のこと？」

「あんたのことよ……！　あんたのぉおおおおおおおお！」

☆

「あ、そうだみなさん。これ、飲んどいてください」

僕は魔法バッグから薬瓶を取り出して、みんなに配る。

マーキュリーさんが疑惑の目を向けてきた。

「やばい薬じゃないの？」

「ええ、普通の薬です！　飲むと一時的に無敵になります！」

「やばい薬じゃないの！」

パーティリーダーのエリアルさんが、薬瓶をしげしげと眺める。

「一時的に無敵って、どういうことだい？」

「言葉どおりです。無敵になります。一時的にですけど」

「そうかい……おれは君の薬が、すごいことを知ってる。だから、君を信頼するよ」

ぐいっ、とエリアルさんが躊躇《ちゅうちょ》なく飲む。

そうやって、僕の作った薬を、認めてもらえたのが、ふふ、うれしいな。

残りのメンバーたちも戸惑いながらも、リーダーが飲んだからか、後に続く。

マーキュリーさんだけがちょっと、かなり、いやだいぶ嫌そうな顔をして、でも飲んだ。

「さ、これでもう大丈夫ですよ！」

「そうかい。じゃあ、出発！」

エリアルさんたちが歩きだす。

罠《わな》は僕の鼻でかぎ分けられるので、だいたい回避できる。

ほどなくすると……。

「敵です。熊ですね」

「わかるのかい？」

「はい。獣の匂いって独特ですからね」

エリアルさんたちが十全に準備をする。

そこへ、のっしのっし、と大きめの熊が出現した。

「死熊《デスベア》！　Sランクモンスターよ！」

鑑定眼を持つマーキュリーさんが敵の正体を見破る。

その表情がこわばっていた。

「あ、この熊ってモンスターだったんですね。奈落の森《アビス・ウッド》にうじゃうじゃいるんでただの熊だとばかり」

「突っ込んだら負け突っ込んだら負け……！」

マーキュリーさんが体を震わせる。怖いのかもしれない。

まあたしかに、野生の熊ってびびるもんな。わかる。

「総員、戦闘準備。まずは敵の注意を引き付けるぞ。弓、放て！」

パーティの弓使いさんが、弓矢を構える。

コォオオオ……！

「リ、リーダー、なんかやべぇえ！」

「え？　や、やばいってなんだ？」

「とにかく……ああもうだめだ！　矢を射るぞ！」

叫びながら弓使いさんが矢を放つ。

ズッドォオオオオオオオオオオオオオオン！！！！

「「「…………」」」

「おお、すごい！　命中おみごと！」

さすがSランク冒険者！

弓聖ガンマじーちゃんほどじゃないけど、すごい威力だ。

あのじーちゃんは山軽く吹っ飛ばすもんな。

「さぁ、先に行きましょう！」

「「「いやいやいやいやいやいやいや！」」」

あれ？　どうしたんだろう？

みんなが僕に詰め寄ってくる。

「リーフ君、今のなに⁉」

「何って……僕何かしましたっけ？」

「うん、したよね⁉　じゃなきゃ、牽制《けんせい》の弓矢でSランクモンスターのどてっぱらに大穴開けられないよね⁉」

エリアルさんが死態を指さす。

弓使いさんの放った矢により、熊の胸に、大きな穴が開いてる。

「え、でもあれ倒したのって弓使いさんじゃないですか？」

「いや彼にそんな力ないって！　君がやったんでしょ!?」

「だからなにも。僕はただ後ろで見てただけなんで」

マーキュリーさんが何か言いたげに僕を見ていた。

え、なんだろう？

「エリアル。多分、あの無敵になれる薬の効果よ、きっと、いや、絶対」

「え、ハイパー無敵薬にそんな力ないですけど？」

「ハイパー無敵薬って……もう名前だけでやばいのわかるわ」

僕が薬の効能を説明する。

「ハイパー無敵薬は飲むとケガしなくなる薬。ただそれだけですよ」

「……突っ込まない、突っ込んだら負け！　突っ込んじゃダメ！」

首をかしげながらも、エリアルさんは気を取り直して言う。

「あ、あんまり時間がないし、先を急ごう」

罠を回避しながら、僕たちは最短ルートで、救難信号を出したギルドメンバーのもとへ向かう。

「こっちを右ですね」

「リーフ君はどうしてわかるの？　ギルドメンバーの居場所が」

「え、においをたどってるだけですけど？」

このダンジョンに入る前、信号を出したギルメンの持ち物のにおいを、かがせてもらった。

あとはそのにおいをたどっていけばいいだけ。

「嗅覚すごすぎでしょ……日常生活送れるのそれで？」

「あ、はい。薬で嗅覚を一時的に麻痺《まひ》させられるんで……あ！　敵がきます！　コウモリ、かな」

ほどなくすると、でっかいコウモリが現れる。

一つ目で、手に鎌を持っていた。

「グ、単眼悪魔《グレムリン》⁉　Sランクよ！」

「え、ただのコウモリじゃないですか」

「……ぐ、ぎぎ、ぐぎぎぎつ、突っ込んじゃ、だめ！」

なんか知らないけど、マーキュリーさんが辛《つら》そうだ。

「大丈夫です？　完全回復薬《エリクサー》飲みます？」

「うぐぅうあああああああ！　突っ込みがぁあああああああ！」

「飲まないんです？」

「飲むわよ！！！」

さてコウモリこと単眼悪魔と対峙《たいじ》したエリアルさんたち。

たん！　と単眼悪魔が地面を蹴る。

「く！　なんて速さだ！　目で動きが追えない！」

「え？　普通に見えてますよ、ねえ？」

「そんなわけないだろ！　見ろ！　音だけで姿が全く見えない。動きがめちゃくちゃ速く……あ、あれ？」

　エリアルさんが目をしばたたかせる。

　まるで、なにか妙なものが目にうつったようだ。

「み、見える……なんで？」

「ほら見えるじゃないですか」

「いやおかしい。さっきまではあの速さを……いや、今はそれどころじゃないか！　魔法用意！」

　エリアルさんの号令で、魔法使いさんが杖を構える。

「倒さなくていい、相手を一瞬ひるませるだけで！」

「じゃあ初級魔法でいいわね。ふぁいあー……え!?」

　杖先に魔力がたまっていく。

　ちゅどぉおおおおおおおおおおおおおおおおおおおん！！！！！

　迷宮の壁ごと、吹っ飛ばす勢いの魔法。

　さすがSランク冒険者だ。

　まあマーリンばーちゃんと比べたら、まだまだの威力だけど。

「単眼悪魔、撃破！　ですね！」

「「いやいやいやいやいやいやいやいや！」」

　またも、黄昏の竜の皆さんに囲まれる僕。

「どうしたんですか、時間がないんじゃないのです？」

「いやリーフ君。ちょっと今のはおかしい」

「おかしい？　ああ、たしかに威力がちょっと弱いですね。でもマーリンばーちゃんはすごいから、比べるのはおかしいというか」

「いやおかしいっていうのは、威力がおかしいってこと！」

「弱すぎってこと？」

びきっ！　とマーキュリーさんの額に、血管が浮かぶ。

彼女は大きく息を吸い込んで……。

「強すぎるんだよ……！！！！！！！！！！！！」

あれ、マーキュリーさん怒ってる？

なんでだろう。

「もー突っ込まないって決めてたけど限界よ！　リーフ君！　ハイパー無敵薬って絶対やばい薬よ！」

「いや、単にケガしないだけの薬ですけど」

「しゃらっぷ！　薬！　出せ！　なう！」

僕はマーキュリーさんに、ハイパー無敵薬を渡す。

すぐに鑑定を行うマーキュリーさん。

「なによこれぇえええええええええええええええええ！」

「どうしたんだ、マーキュリー？」

「エリアルこれやばいわ。飲むと一時的にだけど全ステータスにバフがかかるの！」

「なんだって⁉　能力が向上するってことか！」

「ええ。状態異常完全無効、攻撃力超向上、魔法攻撃力超向上、エトセトラエトセトラ……ただ頑丈になるだけでなく、いろんな力が向上する、まさにパーフェクトな無敵超人になれる薬よ！」

みなさんが唖然とした表情で、僕の作った薬を見ている。

「え、そんな効果ないですけど。ケガしなくなるだけで」

「おそらくだけど、英雄村の人たちってもともと最強クラスに強いじゃない？　攻撃力などのステータスが、カンストしてる。だから、ハイパー無敵薬でステータスが向上しなかった。結果、ケガが自動で治るって効果だけが発揮されてて、能力バフには気づかなかったのね」

マーキュリーさんが薬について、いろいろ言ってる。

でも、あんま理解できなかったな。

「つまり？」

「すごすぎるってこと！」

「はい！　じーちゃんたちすごいですよね！」

「あんたがすごすぎるって言ってるのよもぉぉおおおおおおおおおおおお！」

☆

ハイパー無敵薬を飲んだエリアルさんたち黄昏の竜の面々と僕たちは、目的地へ向かってひた走る。

さすがSランク冒険者、攻略がめちゃくちゃスムーズだ。

僕の嗅覚を頼りに、ギルドメンバーさんたちのあとをたどっていくと……。

「ここです。この中に、います」

「って、迷宮主《ボスモンスター》の部屋じゃないの！」

マーキュリーさんが、目の前の扉を見て叫ぶ。

見上げるほどの大きさのごついドアに、幾何学的な模様が描かれていた。

「迷宮主って何ですか？」

「迷宮の核を守っている、強いモンスターよ」

「核？」

「迷宮の心臓ともいえる結晶のことよ。迷宮は、この核を中心に構成されてるの」

なるほど、核は人間でいうところの心臓みたいなものなのか。

心臓をつぶされたら困るから、守護する存在がいる、と。

エリアルさんが僕に問うてくる。

「リーフ君。ここに、仲間たちが？」

「はい。においはここから。……だいぶ、血のにおいがします」

「そうか……ボスと、戦うしかないようだね」

マーキュリーさんが教えてくれたのだが、迷宮主の部屋は基本、入ったらボスを倒すまで外に出られない仕組みになっているらしい。

だから中の人を救出するためには、ボスを撃破する以外にないという理屈だそうだ。

「リーフ君は怪我人の治療を。おれたちはなんとかして、ボスを倒す。マーキュリーはその補佐を頼む」

「わかったわ。でも……倒せるの？　ボスは迷宮の難易度に応じて、強さを変えるっていうし。隠しダンジョンのボスは、相当な高ランクのモンスターなんじゃ？」

「大丈夫さ」

にこやかに、エリアルさんがうなずく。

おお、自信に満《み》ち溢《あふ》れてる。我に秘策あり、みたいな。

「リーフ君がいるから！」

「え――――――！　ぼ、僕ですか⁉」

「「「なるほど！」」」

「いやいや！　だってボスって強いんですよね？　僕なんかがいても、太刀打ちできないんじゃ」

するとマーキュリーさんが大きくため息をついて言う。

「いや、あんた以上に強い人なんていないから」

「え、じーちゃんばーちゃんたちは？」

「あれは人間じゃないから」

「む！　失礼な、じーちゃんたちは優しい人間です！」

「もうええわ！　さっさと行くわよ！」

よくないんだが……。まあ確かに化け物じみた力を持ってるけども、みんな。

エリアルさんがうなずいて、迷宮主の部屋のドアを開ける。

中は広めのホールになっていて、全体的に暗い。

「あれが、ボスか！」

でかい、牛だ！

「ミノタウロスね。しかも腕が七対《つい》？　こんなミノタウロス見たことないわ、鑑定！」

マーキュリーさんが牛を鑑定する。

ぎょっ、と目をむいて叫ぶ。

「上級ミノタウロス、ランクは……え、ＳＳよ！　古竜と同等、それ以上かも！」

皆さんの顔に緊張が走る。

え？　なんでだろう？

古竜くらい素手で倒せるよ？

なんだ、あんま強くないんじゃないか。

緊急のクエストだと思ったけど、余裕そう。

牛の近くでは、大盾を持った冒険者が、必死になって牛の攻撃をさばいていた。

「おおい、グエール！ 大丈夫か！」

「！ エリアル！ 助かった！」

どうやらあの盾使いが、グエールさんって人らしい。

ひげをはやしたおっさんだ。

「加勢に来たぞ！ グエール！ 状況は⁉」

「部屋の隅に怪我人がいる！ かなり重傷だ！ そっちを治してくれ！ こっちはさばくので精いっぱいだが、なんとかなる！」

グエールさんから状況を聞いたエリアルさんが、僕たちに作戦の指示を出す。

「手筈《てはず》通り、おれたちがミノタウロスと戦うから、リーフ君はマーキュリーと怪我人を治療してくれ」

僕はうなずいて、部屋の片隅へと向かう。

まあ牛はあんま強くなさそうだし、大丈夫そうだ。それより、怪我人のほうが気になる。重傷っていうし、すぐに治さないといけないな。

グエールさんのお仲間らしきギルメンは、部屋の片隅でうずくまっていた。

「大丈夫⁉ 助けに来たわ！」

「！ 彗星の魔女さん！ 助かった！」

仲間さんたちは、怪我を負っていた。腕がちぎれている人、腹が裂けて内臓が出ている人、浅い呼吸を繰り返し気絶している人……。

「よかった！　大したことなさそうで」

「どこに目ぇつけてんじゃおまえええええええええええええ！」

マーキュリーさんがいつも通り叫ぶ。元気！

「どーみても瀕死《ひんし》の重傷でしょうが！」

「え、でも生きてるじゃないですか？　死ぬ以外はかすり傷みたいなもんですよ」

「思考が蛮族すぎんのよ！　さっさと治して！」

「了解です！」

僕は魔法バッグから薬師《くすし》の神杖《しんつえ》を取り出す。

回復薬を調合し、全員に投与。

すると、ギルドメンバーたちはすぐに怪我から回復した。

「す、すげえ！　ちぎれた腕がくっついた⁉」「内臓も失った血も体の中に戻ってく！」「奇跡だ！」

あの世の際でばーちゃんに会いかけてたのに！」

メンバーたちが自分たちの元どおりになった体を見てびっくりしていた。

「よかったです、大したことなくて」

「あ、ああ……？」「大したことない……？」「君は一体……？」

困惑するメンバーさんたち。

あれどうしたんだろう？

マーキュリーさんはホッと安堵《あんど》の息をついて言う。

「大丈夫、この子は味方よ。腕のいい治癒術の使い手。ただちょっと頭がおかしいけど」

「「「なるほど！」」」

「え、僕別に頭痛とか風邪とか引いてないですけど？」

「おかしいってそういう意味じゃないから安心して」

「はい！」

じゃあどういう意味なんだろうか？

まあいいか。

「これで全員治療できたわね」

「いや、実は一人……」

メンバーさんたちが後ろを振り返る。

そこには、体が真っ二つになって、すでにこと切れている、剣士さんがいた。

「ミノタウロスの最初の一撃を受けて、死んでしまったんです……」

「そう……なの……残念ね……」

「はい……即死でした……くっ！」

涙を流す皆さん。

確かに痛ましい現場だ。

「あ、じゃあ治療しますね」

「「「は？」」」

困惑するメンバーのみなさん。

僕は胴体を真っ二つにされた剣士さんのそばによる。

「い、いやいや！　何言ってるのリーフ君⁉　死んでるのよ⁉」

「そうですね」

「そうですね⁉」

「ええ、死んでるだけですよね？　しかも、まだ死後それほど時間がたってないし、死体の損傷もさほどひどくないです」

「いや、胴体真っ二つなんですけど⁉」

「大丈夫！　ミンチになってても、ギリ治せますし！」

「治せんのかよ！！！！！」

僕は魔法バッグから、大賢者マーリンばーちゃんからもらった魔道具、天目薬壺《てんもくやっこ》を取り出す。

薬を作るスピードを、速めてくれるこの壺。

そこへ素材を全部ぶち込んで、薬を作る。

「【調剤：死返《マカルカエシ》の霊薬】――――！」

「まかる、かえし……って、死者の蘇生ってこと⁉」

作り終わった死返の霊薬を、僕は神杖を使って投与。

すると、死体となった剣士さんが猛烈に光り輝くと……。

「う、うう……あれ⁉　生きてる⁉」

「「「生き返ってるぅううううううううううううううう⁉」」」

何が起きたのかわからないで、困惑してる剣士さん。

うん、ばっちり！

「よかったよかった、ってどうしたんです、マーキュリーさん？」

頭を抱えて震えていた。

「……リーフ君」

「はい！」

「……ちょっと、頭痛いから、完全回復薬《エリクサー》ちょうだい」

「わかりました！　頭痛薬《エリクサー》ですね！」

ちゃちゃっと調合して、彼女に飲ませる。

はぁ～……とマーキュリーさんが大きく息をついた。

「リーフ君。何今の？」

「え、死返の霊薬を投与しただけですよ？」

「死んだ人生き返ってない？」

「生き返ってますね！」

「死ぬ以外はかすり傷、死んだら大事《おおごと》じゃないの？」

「はい！　まあ死んでも骨折みたいなもんですし！」

「骨折って……」

もちろん、死返の霊薬は、万能の薬ではない。

死後すぐに投与しないと効果がない。

つまり、死んで数日とか数年たった人間を蘇生はできないのだ。

また、老衰などで死ぬ場合は、これを使っても意味がない。

あくまでも、致命傷を負って、死んですぐの人間を蘇生できるだけの薬なのだ。

「そせいできる、だけって……」

フルフルフル、とマーキュリーさんがまたも震えだす。

「完全回復薬《エリクサー》、飲みますか？」

「いらないわよぉ！　ああもう！　死者の蘇生って！　なにあっさり奇跡おこしてるのよぉおおおおおおおおおおおおおおおおおお！」

あ、元気になった。薬は必要ないみたい。

「え、奇跡？　死者くらい蘇生できますよね？　セイばーちゃんもフラメルばーちゃんも、マーリンばーちゃんも……ほら、みんなできるし」

「そいつら全員、世界最高峰の魔法の使い手なんだよ！　イレギュラーと比べるなよ！」

「イレギュラー？」

「おかしいってことだよ！」

「誰が？」

「あんたを含めたデッドエンド村の住人全員だよぉおおおおおおおおおおおおおおおおおおおおお

おおおおおおおおおおおおおおおお！！！」

まあ、何はともあれみんな無事でよかった。

☆

怪我人の治療が完了した後……。

「よし、あとはあの牛を倒すだけですね！　どうしたんですか、マーキュリーさん？」

「……何でもない、叫びすぎて頭が痛くて……」

「大丈夫ですか！　エ、」

「完全回復薬《エリクサー》は要らないから大丈夫……はぁ」

なんだかお疲れのようだ。

確かにここまで結構遠かったし、疲れてるのだろう。また、怪我人が助かって一息ついてるのかもしれない。

「まああとは、あの上級ミノタウロスだけね」

Sランクパーティ、黄昏の竜のメンバーたちが、でかい七対の腕を持つ牛と戦っている。

見上げるほどの体軀に、大樹のようなぶっとい腕。

それぞれの腕に武器が握られていた。そこから、雨あられのごとく殴りつける攻撃を繰り出している。

グエールさんがミノタウロスの攻撃をさばき、エリアルさんがこちらの攻撃を加える。

「はあはあ！　これで、終わりだぁあああああああああああああ！」

ごぉお！　とエリアルさんの体から、黄金の光が漏れる。

「な、なにあれ？」

「え、闘気《オーラ》ですよ？」

「おーら？」

「大気に満ちる自然エネルギーのことです。あれを取り込むことで、爆発的に攻撃力を上げる。アーサーじーちゃんも普通に使っていた、武術の基本ですよ？」

村の外で闘気使ってる人初めて見た。

なるほど、強いのはうなずける。でも、あれ？　なんか闘気の純度が低いような。

「でやぁあああああああああああああ！」

闘気で体を強化したエリアルさんが剣を振る。

ずばん！　と空気を引き裂いて、ミノタウロスをぶった切った。

「あ、あんなでかいモンスターをバッサリ切っちゃうなんて、闘気ってすごいのね……」

あれ、でも今の一撃も刃に闘気を乗せてなかったな。

じーちゃんたちは闘気を一点に集中させて運用していたんだけども。そのほうがエネルギー効率がいいって、ううーん、変だなぁ。

「ぜえはあ……！　も、もうだめだ……」

「「「リーダー！」」」

ミノタウロスをぶった切ったエリアルさんが、大の字になって倒れる。

グエールさんもまたふらふらになりながらも、手を伸ばす。

「ナイスガッツ！　さすが天与の原石トップアタッカーだぜ」

「ど、どうも。でも、グエールたちが先に攻撃してダメージを与えてたことと、みんなが協力してくれたことが大きい。おれの一撃だけじゃ、倒せなかったよ」

うんうん、とマーキュリーさんがうなずく。

「これで事件解決ね。さ、あとは帰るだけ」

「え？」

「……なんか、嫌な予感。リーフ君、なんで、えって言ったの？」

「いやだって、まだ生きてますし、そいつ」

胴体が真っ二つになった牛を、僕は指さす。

さっ、とマーキュリーさんの顔から血の気が引く。

「み、みんな逃げて！　そいつまだ生きてるらしいわ！」

「「「なっ⁉」」」

マーキュリーさんが声を張り上げた瞬間、かっ、とミノタウロスが目を開ける。

腕を伸ばして、エリアルさんにたたきつけようとする。

「エリアル！　ぐぁあああああああああ！」

グエールさんが盾スキルを発動させ、ミノタウロスの攻撃をはじく。ううーん。

だが盾がぶっ壊れて、しかもグエールさんも吹っ飛ばされた。うーん。

「グエール！　そんな、敵がまだ生きていたなんて……！」

グエールさんが盾で攻撃をさばかなかったら、たぶんエリアルさんたちは死んでいた。ううーむ……。

「さっきからうんうんどうしたのリーフ君⁉」

「え、いや、全然なってないなぁって……」

「なってないって……？」

と、そのときだ。

『くははあ！　見事だぞ小さき剣士よ！』

「な⁉　しゃ、しゃべったぁ⁉」

「なんでそこで驚いてるのよ⁉　さっきのエリアルたちのバトルには全く驚いてなかったのに⁉」

いやだって、牛だよ牛？

しゃべる牛なんて初めて見た！　す、すげえ……。

え、バトル？

だって全然なってなかったし……。

『よくぞこの上級ミノタウロスを一度殺した。そこは称賛しよう……しかし残念だったなぁ』

しゃべる牛がにやり、と笑う。

う、牛が笑った⁉　すごい！！！！！

『この我は、命を七つ持っている！！！！』

「「な、七つも命を⁉」」

ふーん。

『しかも、一度倒され死から戻ると、そのたび強くなる！』

「「死ぬたび強くなるだって⁉」」

へー。

『くはははは！　これぞ我が能力！　【起死回生《オート・リバース》】よ！　どうだ人間、絶望したか！　かーっかっか！』

「いや、全然」

ぴしっ！　と固まる。

牛も、空気も、そして……冒険者の皆さんも。

あれ？

「僕、なにか変なこと言いました？」

「い、いやいや！　リーフ君聞いてなかったの⁉」

マーキュリーさんが声を荒らげる。

なんか叫びすぎて喉がかれていた。大丈夫かな？

「相手はあんなに強いのに、あと六回殺さないといけないの！　しかも、死ぬたびに強くなるのよ⁉」

「はぁ。でも、六回殺せばいいんですよね？　それくらいなら簡単にできますけど」

ぶるぶる、と牛が震える。

『くははは！　でたらめをぬかすな小僧！　この我を六度殺すのが容易《たやす》いことだと？　貴様のような小さなものが？　はっ！　笑いすぎてへそで茶を沸かせるわ！』

「まじで⁉　都会の牛はへそで茶を沸かせるの⁉　や、やべえ！」

『貴様、馬鹿にしてるのかぁあああああああ⁉』

いや馬鹿にはしてないけど、そんなことできるなんてまじですげえって思うわ。

都会牛すご……。

「よ、よし！　リーフ君！　もうやっちゃえ！　あの牛ぶっ殺して！」

「え、無理ですよ」

「なっ⁉　相手が強いからってこと⁉」

「いや、人んちの家畜を勝手に潰しちゃダメって、ばーちゃんが」

びきっ！　と牛の額に血管が浮く。

『いうに、ことかいて……我を？　家畜扱いだと？』

「うん。だって牛じゃん？　牛って人が飼ってるもんだろ。いくら田舎者の僕でもそれくらい知ってるよ？」

ごごごご！　と牛の体から黒い闘気が噴き出る。ふーん。

エリアルさんたちはしゃがみこんで、戦慄の表情を浮かべた。

「なんてプレッシャー！　死んで強くなるとは本当だったのか⁉」

「へー」

「なんでそこは驚いてないのだリーフ君⁉」

「いやだって、大した闘気じゃないんで」

アーサーじーちゃんは、もっとすごい闘気を発していた。

あれとくらべちゃ、使い方も量も、なっていない。あの牛も、エリアルさんも。

『死にさらせぇえええええええええ！』

牛のこぶしが僕めがけて振り下ろされる。

ごっ！

どごぉおおおおおおおおおおおおおおおおおおおおん！

「リーフ君！！！」

『ふははは！　我に楯突《たてつ》いたから死ぬのだああ！』

「いや、生きてるけど？」

「『なにぃいいいいいいいいいいいいいいい⁉』」

マーキュリーさんが牛と一緒に驚いていた。

はー、しかし、都会の牛はすごいな。しゃべる上に器用に驚くなんて！　いやぁ、すごい。

『ば、馬鹿な⁉　本気の一撃だったぞ！　なぜ生きてる⁉　特殊な防御スキルか⁉　あるいは、我と同じ闘気を使ってガードしたのか⁉』

「え、なにも？」

『なにも⁉』

「うん。この程度の一撃じゃ、防御なんていらないよ」

戦慄の表情を浮かべる一同。

え、何に驚いてるの？

「防御がいらないって……どういうことなの、リーフ君？」

マーキュリーさんが恐る恐る問うてくる。

「いや、文字通りの意味。僕、アーサーじーちゃんとこで昔から修業してて。そのとき骨とか結構ばっきばきに折られてさ」

「お、おう……」

「薬飲んで骨とか筋肉とか修復するたびに、強くなってってさ。なんていったかな、超回復か。それで結構頑丈にできてるんだよね、体」

牛の一撃は、アーサーじーちゃんの手加減した一撃にも劣る。

防御なんていらないくらい、弱い。

「し、信じられん頑丈さだ……おれの防御スキルよりも、さらに頑丈なんて……」

盾使いのグエールさんがなんか驚いてる。

え？　どこに驚く要素があるんだろ。

「も、もういいわ！　リーフ君やっちゃって！」

「でも……」

「飼い主にはあとでわたしが謝るから！　牛って結局潰して食べるもんでしょ⁉」

まあたしかにそれはそうか。

てゆーか、人に害なしてる時点で、家畜失格だしな。

「すみません、生産者さん！　ちょっとやらせていただきます！」

僕は握りこぶしを作って、牛をにらみつける。

『ひぐぅ！』

「うちの田舎じゃ、悪さした牛は、こーするんです！」

僕は跳び上がる。

武器じゃなくて、こぶしで。

僕は牛の顔面を、横からぶん殴る。

バッゴオォオオオオオオオオオオオオオオオオオオオオオオン！！！

『ひでぶっ！！！！！！！！』

牛は僕のパンチを受けて……あれ？　あっさり消えてしまった。

あとにはチリ一つ残らず、消滅してしまってる。

「なんだ弱すぎだろ。あれ？　あと六回殺さないといけなかったんじゃないの？　あれれ？」

そんな中で、マーキュリーさんが震えながら言う。

「ろ、六回殺す分の威力のパンチだったんだ。だから、一回の攻撃で、死んだんだわ……」

「あ、あの化け物を、一度殺すのにも、苦労したのに……」

「しかも、殺すたび強くなるはずだったのに……」

マーキュリーさん、エリアルさん、グエールさんが目をむいて、声を震わせてる。

「み、みなさん怒ってます？　や、やっぱり生産者に断りもなく殺しちゃったから……？」

すると三人ともが、怒りの表情を浮かべて叫ぶ。

「「「あんたが強すぎるからだよっ！！！！！！！！！！！！」」」

ええー……なんで強すぎると怒られるんだ？

都会は……わ、わからん！

☆

牛こと、ミノタウロスをぶったおした直後。

「迷宮をクリアした！　報酬はおれたちのもんだぞ！」

「「「おおー！」」」

Sランク冒険者エリアルさんと、同僚のグエールさんが歓声を上げる。

報酬？　そんなのもらえるのか……とぼんやり思っていた、そのときだ。

「ん？　何のにおいだ……？」

「どうしたのリーフ君……まだなにか？」

彗星の魔女マーキュリーさんが首をかしげる。なんかお疲れの様子だ。大丈夫だろうか。

「いや、なんか変なにおいがするんですよ」

「変な、におい？」

「はい。さっきまで牛と血のにおいで気づかなかったんですが、ちょっと瘴気《しょうき》くさいというか……」

ほっといいちゃ、やばい類《たぐい》の毒のにおいがした。

今はかすかだけど、このままだとあふれ出てくる気がする。そうなると、地下にいる人たちは危ない。

ギルドメンバーたちに被害が及んでしまう。それは嫌だ。仲間が苦しむのを見てはいられない。

「すみません、エリアルさん。僕、ちょっと気になるとこがあるんで、見てきていいですか？」

「え⁉　いや、リーフ君。今ゲットしたお宝の山分けをこれからするのだけど」

「お宝はどうでもいいです。皆さんで分けてください。戦ったのは皆さんなんで。じゃ！」

僕は一刻も早く、現場へと向かう。

ぎゅん！　と加速して、においのほうへと走っていく。

「ちょ！　リーフ君！　待って！　君を一人にするとやばい！」

マーキュリーさんがはるか後方から叫ぶ。

悪いけど、今は急ぎだからね。

僕が来たのはボス部屋の奥。そこにはまた扉があった。

扉を開けて奥へと進んでいく。

長い通路を抜けると、そこには……。

「なんだこれ？　大樹……？」

ボス部屋よりも大きなホールがあった。

周囲の壁にはなぜか、滝が流れ落ちている。

部屋の入り口から中央にかけて橋がかかっており……。

その先に、大きな木があったのだ。

「なんで地下に樹《き》なんてあるんだろ……？」

日の光も届かないような地下に植物が生えてる時点でおかしかった。

見上げるほどの大樹に、けれど、どこか既視感を覚える。

「あ、そっか。デッドエンド村に生えてる、ご神木様だ」

うちの村にまつられてる、でっかい樹。

ご神木といって、村のじーちゃんばーちゃんたちが大事にまつっていたのだ。

そのご神木と、目の前の大樹が、同じような気がした。

株分けでもしたんだろうか。

「でもおかしいな。ご神木様って、確か光っていたはず……」

目の前の大樹は、枯れはてる一歩手前だった。

枝はしおれ、葉は枯れ落ち、そして根っこは腐っている。

大樹の根元はプールのようになっていて、そこに液体が溜まっていた。

たぶんこの大樹を育てる水なんだろうと思うんだけど……。

「うわ、水が瘴気で濁ってる！　こんな水じゃ腐っても当然だな」

瘴気。それは人体にはものすごい有害な毒ガスのこと。

それがこの大樹を、冒していたのだ。

「このままほっとくと瘴気は地上に出てしまうし、なにより……このご神木様も枯れちゃうよな」

それは、可哀《かわい》そうだ。

だっておそらくはご神木様は、僕の村にあるのと同じ、あるいは株分けした兄妹《きょうだい》だろうから。

知り合いが困っていたら助けないとだよね。

「ちょっと待っててな。すぐに浄化するから」

僕はマーリンばーちゃんからもらった、天目薬壺《てんもくやっこ》を取り出す。

ご神木様を冒してる、瘴気の毒を目で見て、成分を分析。

それを打ち消す薬を、即興で作る。

素材を薬壺にぶち込んで、調剤。

「よし、あとは投与するだけだな」

僕は薬師《くすし》の神杖を魔法バッグから取り出して、作った薬を充填。

この杖は適切な形で、薬を対象に投与できる。

たとえ相手が樹木だろうと、僕には関係ない。

「【調剤：浄化ポーション】そして、【調剤：完全回復薬《エリクサー》】！」

浄化ポーション。あらゆる毒を浄化する、最高のポーション。

瘴気だろうと何だろうと、毒であればこのポーションで浄化できる。

毒を浄化し、そして完全回復薬《エリクサー》を使って、枯れかけた大樹をもとの状態へと戻す。

しゅぉお！　という音とともに、枯れかけの大樹は、みるみるうちに元気になっていくのだ。

やがて……。

「よし、もう大丈夫だな！」

そこにあった枯れかけの大樹の姿はもうない。

みずみずしい若木が、光を放ちながら佇立《ちょりつ》している。

「リ、リーフ……君……」

振り返るとそこには、唖然とした表情のマーキュリーさんがいた。

どうやら僕を追いかけてきたらしい。

「今、何したの？　枯れてたあれが、一瞬で元通りになったような……」

「ああ、枯れてたご神木様を、治療したんだ」

「ご、ご神木……？　何言ってるのよ」

すっ、とマーキュリーさんが光を放つ大樹……ご神木様を指さして言う。

「世界樹じゃないのよ！！！」

「せかいじゅ……？」

なんか聞いたことがあるような……なんだっけ？

ああ、そうだ。

「完全回復薬《エリクサー》の原料でしたっけ？」

「そうだけど、ちっげーよ！　そうだけども！」

「どっちなの……？」

ずんずんとこちらに近づいてきて、マーキュリーさんがご神木……世界樹？を指さす。

「たしかに、世界樹の雫《しずく》は完全回復薬《エリクサー》の原料よ。でもね、そこじゃないの。重要なのは、これが世界樹ってこと！」

「はあ。なんかすごい樹なんですか？」

「そうよ！　いい、この世界に存在する魔力の源、魔素《マナ》を生み出す。それが世界樹なの！」

「魔力の源……ってことは、魔素《マナ》がないと、魔力が練れない？」

「そうよ。魔力は魔法を使うためのエネルギー。それがなくなるってことはつまり、魔法が使えなくなること！」

魔法が使えないって……。

「あれ、結構やばいんじゃ？」

「そうよ！　この世界の技術は、魔法を根幹にしてる。魔法が使えなくなるってことは、わたしたちの生活が成り立たなくなるってこと！」

たしかに便利な魔道具はもちろん、生活、戦闘まで、魔法がないと今の世の中は回っていかない……。

それは辺境のデッドエンド村ですらそうなんだから、王都から魔法がなくなったら、そりゃもう大変だったろう。

「いやぁ、危機一髪でしたねぇ……」

「ほんとよ……てゆーか、リーフ君。あなた、自覚ないでしょ？」

「自覚ない？　何の自覚です？」

「まあありとあらゆること全部なんだけど……世界を救ったのよ、あなた」

世界を、救った？

ああ、魔素《マナ》を発生させる世界樹を治したからか。

「そっか！　じゃ、帰りましょうか」

「いやリーフ君……世界を救ったのよ？　もうちょっとこう……ないの？」

「？　僕が助けたのはこの樹ですよ。世界とか言われても、わっかんないですよ」

「はあまあ……そうよね。うん。まあ……はぁ」

ぐったりした調子で、マーキュリーさんがしゃがみ込む。

これは！

「完全回復薬《エリクサー》ですね！　はいどうぞ！」

僕はすかさず完全回復薬《エリクサー》を調剤して、彼女に手渡す。

「もう、なんというか……もう……突っ込み疲れたわよ……」

「完全回復薬《エリクサー》は疲労回復にもなりますよ！」

「誰のせいだと思ってんのよだれのぉおおおおおおおおおおおお⁉」

え、また怒ってる？

どうしたんだろう……。

と、そのときだった。

ぽわ……と世界樹から放たれる光が、一つに集約していく。

「な、なに⁉　光が……人？」

大樹から放たれた光はやがて、美しい少女へと、姿を変えた。

その人は空中に浮いている。

「せ、精霊だわ……世界樹の」

「世界樹の精霊？」

「世界樹に宿るという、意思の集合体よ。すごい……最高位の精霊じゃない……」

ふわり、と少女は地上へと降り立つ。

「その方のおっしゃる通り、わたしは世界樹の精霊です。あなたにお礼が言いたくて、こうして姿を現しました」

翡翠《ひすい》の瞳に、流れるような金髪。

少しとがった耳が特徴的で、白いワンピースを着ていた。

「名前を、ぜひお聞かせください。救世主様」

「名前？　僕はリーフだけど、救世主？」

なんだそれ？

「世界の根幹を支える世界樹を救ったんだから、救世主でしょ」

「あー」

「リアクション、薄すぎでしょ！　もっと自覚持って！　これに限らず、すべてにもっと！」

くすくす、と精霊さんは微笑《ほほえ》むと、僕に頭を下げる。

「わたしを救ってくださって、どうもありがとうございました。瘴気に冒され、あと一歩でわたしが枯れて、この星の滅びが始まるところでした……」

「そ、そんなきわきわだったのね……あぶなあ～……」

と言われてもあまり実感がないというか。

まあでも助かってよかった！

精霊さんはまた頭を下げる。

「ありがとうございました、救世主様。ぜひともお礼をさせていただきたいのですが」

「え、いらないですけど？」

「え……？」

ぽかん……と精霊さんが口を大きく開く。

「ちょ、リーフ君。いらないって……」

…ーんっ?
ーン
…

「え、だって別に、大したことしてないですし、僕」

「世界救ったでしょ今！！！」

「いやいや、僕はただ、困ってる人を助けただけですよ。まあ今回は樹でしたけど」

目を丸くしていた精霊さんは優しく微笑む。

「あなたは、本当に素晴らしいお方ですね。ありがとうございます。せめて、これだけは、受け取っていただけないでしょうか」

精霊さんが右手を差し出す。

その上には、翡翠色のきれいな宝石が載っていた。

「これは、精霊核」

「せいれいかく？」

「世界樹の魂のかけらです。その一部を、あなたに」

「え、いいんですか？」

「はい、もちろん。あなたへの恩は、これくらいじゃ返しきれないくらい大きくて、申し訳ないのですが」

別にそこまで恩を感じてもらわなくていいんだけどな。

まあでも、せっかくの厚意だし、断るのは申し訳ないか。

受け取るか否か。

「ありがとうございます。もらっときます」

精霊さんが微笑むと、精霊核が僕の胸の中へと飛び込んできた。

ずず……と僕の体と同化する。

「これで何か変わったんです？」

「世界樹と接続しました。無尽蔵の魔力を使い放題です。それと、精霊の目を手にしました」

「精霊の目ってなんです？」

「精霊を視認できるようになる目です」

ふーん……よくわからんが、まあいいか。

「…………」

「マ、マーキュリーさん？　大丈夫ですか？」

彼女はうずくまって頭を抱えていた。

完全回復薬《エリクサー》を無言でさしだすと、一気飲みする。

「あのね……リーフ君。精霊核って、超が一〇〇……いや、一〇〇〇くらいつく、超レアアイテムなのよ？」

「へー」

「魔力が無制限に使えるって、どれだけやばいかわかる？　無尽蔵のエネルギーを手に入れたってことなのよ」

「ほー」

びき！　とマーキュリーさんが額に血管を浮かべる。

あ、これ知ってる。怒ってるやつ。

「少しは！！！！　驚けよ！！！！　この、無自覚ボケ男ぉおおおおおおおお！」

「え、誰ですそれ？」

「あんたのことだよぉおおおおおおおおおおおおおおおおおおおおおお！」

まあなにはともあれ、こうしてダンジョンでのミッションは、無事終了したのだった。

エピローグ

隠しダンジョンで精霊と出会い、世界樹を治療した僕は、精霊の力で地上へと送ってもらった。

その後、ダンジョンはクリアされたことで入り口が閉じ、人が入れない状態になるとのこと。

外に出た僕たちは、Sランク冒険者のエリアルさんたちと合流し、王都へと帰還を果たしたのだった……。

王都に戻った僕たちは、ギルド天与の原石のギルドマスターの部屋へと呼び出された。

僕、エリアルさん、そしてグエールさんの三人は、ギルマスに今日あったことを報告。

そこで、いろいろあって、部屋を出てきたところだ。

「リーフ君！　おかえり！」

ギルド一階では、マーキュリーさんが、受付嬢のニィナさんと一緒に、僕たちの帰りを待っていた。

残りのギルドメンバーたちが、わっ！　と僕たちを取り囲んでくる。

「ギルマスからの呼び出し、何だったんだ？」「ヘンリエッタさんはなんて？」

ヘンリエッタさんというのは、さっき僕が会ったギルドマスターの名前だ。

とてもきれいな人だった、とだけ、今は言っておこう。

「別に、何もなかったですよ。ただ、今日あったことを報告しただけです」

「ああ……」

「そうだな……」

エリアルさんとグエールさんが、若干ひきつったような笑みを浮かべていた。

え、どうしたんだろう？

エリアルさんはため息をついて、ぱんぱんと手をたたく。

「ほら、油売ってないで仕事に戻ろうな、みんな」

「えー？」「まじでなんもなかったん？」「だって隠しダンジョンクリアしたんでしょ？」「絶対なんかあったって！　なあ！」

なにか……確かにあった。

けれどそれは、秘密だって言われてるのだ。

盾使いのグエールさんがひらひら、と手を振る。

「さ、散った散った。オレらは疲れてんだ。帰って休ませてくれよ」

「怪しい！」「リーフ君、何か聞いてない？」「ギルマスから特別報酬的な？」「ヒント、ヒントちょうだい!!」

な、なんかめっちゃ注目浴びてる！

ダンジョンをクリアしたからだろうか……？

「てゆーか、隠しダンジョンどうやってクリアしたんだ？」「そうそう！　だって最高難易度のダンジョンだよ？」「いったいどうやって!?」

どうやってって言われても……。

「まあ、いろいろあってです」

「「いろいろってなんだよ！！！！」」

「すみません、言っちゃダメって言われてるんで」

「「くそー！　気になる！」」

とまあ、ギルドで質問攻めにあったけれど、ギルマスとの約束通り、僕たちは黙っていた。

やがて、僕たちは解散し、ギルドを離れた。

夜も遅いということで、エリアルさんが、居候先の彗星《すいせい》工房へと送ってくれた。

店に到着すると、マーキュリーさんがお茶を出してくれた。

僕たちは座って、さっきあったことを報告する。

「で、ヘンリエッタさんはなんて？　リーフ君」

「僕をSランク冒険者にするって」

「なるほど……Sランク、ね」

マーキュリーさんはお茶を一口飲んで、ふぅ……と息をつく。

ふっ、と疲れ切った顔で半笑いしていた。

「なんだマーキュリー、驚かないんだな？」

エリアルさんが目を丸くしている。

だがマーキュリーさんは力なく首を横に振った。

「驚いてるわ……でも、今日驚きすぎて疲れちゃって……リアクション取れないのよ……」

「え、じゃあ一本飲んどきます？　完全回復薬《エリクサー》？」

「ありがとう……でも大丈夫。飲んでも治らないものもあるのよ……はぁ」

そんな！

完全回復薬《エリクサー》でも治らないものがあるなんて！

「大丈夫ですか、不治の病にでもかかったんですか⁉」

「うん、大丈夫だから、落ち着いて……」

「そ。そうですか……」

薬でも治せない病気があるなんて、やはり都会、すごい。

「エリアル。ヘンリエッタさんが、リーフ君をSランクにするって言ってたの、まじで？」

「ああ、まじだ。大まじだった」

「今日までFランクだったのが、Sって……」

マーキュリーさんが僕を見て、深々とため息をつきながらも……しかし、どこか諦念めいたものが感じ取れる。

「やっぱり君は……おかしいわ、うん」

「え？　おかしいって……？　異常ってことですか？」

「強すぎるって……あ、う、うん。そうよ、う、うん……今回はぼけないのね……」

なんか困惑してるマーキュリーさん。

どうしたんだろう、合ってたのに……？

エリアルさんが感心したようにうなずく。

「しかし……今回のヘンリエッタさんの決断は、驚いたね。まさか、最低ランクから一気に最高ランクだ」

「てゆーか、それ認められるの……？　王国冒険者ギルドって、実力主義なお隣の帝国と違って、飛び級はいい顔をされない。まして、ＦからＳなんて異例中の異例よ」

「そう……問題はそこだ。伝統を重んじる気風の王国冒険者ギルドで、そんな異常すぎるランクアップは認められない……それに……」

「それに？」

エリアルさんが、言いにくそうにしている。

マーキュリーさんは首をかしげつつ、「なによ？」と催促する。

「ええっと……ね。リーフ君は、Ｓランク昇格を、断ったんだ」

「…………………………………は？」

目を点にするマーキュリーさん。

僕はお茶をすする。うん、なかなか美味《うま》い。

「ちょ、は？　え、えええええええええええええええええ⁉」

「うぉっ、な、なんですかマーキュリーさん？　急に大声出して……」

「あんたが来てからずっと急に大声出してるわよ……！！！！！！」

「確かに」

「確かにじゃねぇぇぇぇぇぇぇぇぇぇぇぇぇぇぇぇぇ！！！」

マーキュリーさんが僕の襟首をつかんで、がっくんがっくんと揺らす。

「なんで⁉　Sランク昇格を断ったのよ！！！！！」

「お、落ち着いて……」

「落ち着けるわけないでしょ！　どうして⁉」

「だ、だって……今回のクエスト、僕なんもしてないし」

「何もしてないですってぇぇぇぇぇぇぇぇぇぇぇぇぇぇぇぇぇぇぇぇぇ⁉　げほげほっ！　ごほごほ！」

マーキュリーさんが咳《せ》き込《こ》む。

僕はすかさず瓶入り完全回復薬《エリクサー》を取り出す。

ぺしっ、と完全回復薬《エリクサー》をはたかれたので、地面に落ちる前に飲み干す。

「飲んどる場合か！」

エリアルさんが顔をひくつかせながら言う。

「い、今何したんだい？」

「え？　瓶が落ちる前に蓋を開けて中身を飲み干して、魔法で水を出して瓶を洗浄して、魔法バッグにしまった。これを一秒でやっただけですが？」

「もうどこからつっこんでいいやら……！！！！」

エリアルさんも頭を抱えてしまった。

「何もしてないってなに⁉　あれっっっっっだけ大活躍しておいて⁉　何もしてない⁉　なに、嫌み⁉　同行しただけで何もしてないわたしへの嫌みなの⁉⁉⁉⁉⁉」

「いいやそういうわけじゃなくて……説明するんで落ち着いてください。はい完全回復薬《エリクサー》」

僕は完全回復薬《エリクサー》を二本取りだし、エリアルさんとマーキュリーさんに手渡す。

「おれ……最近この完全回復薬《エリクサー》が、飲料水みたいに思えてきたよ」

「わたしもよ……これ、超レアな回復アイテムなのにね……」

「え？　うちの村じゃ飲料水みたいなもんですよ？」

「「んなわけないだろぉおお……………！！！」」

ややあって。

僕はマーキュリーさんに説明をする。

「だって今回の依頼、あくまでも僕は同行しただけですよ。救助依頼が来たのはエリアルさんたち【黄昏《たそがれ》の竜】あてなんですし」

「そうだとしても、ダンジョンの突破、罠《わな》を全部看破、怪我人を治し、死者すら蘇生《そせい》して、さらに隠しダンジョンのボスをワンパンし、さらに瘴気《しょうき》に冒された世界樹を……………………あ」

途中で、マーキュリーさんが何かに気づいたような顔になる。

エリアルさんも、うんうんとうなずいている。

「な、なるほど……ギルマスの判断理由が、わかったわ……」

「だろう？　だから、まだ彼はFランク。今回の同行でその一つ上、Eランクに昇格って、形式上はなったのだ」

「そう……よね。そうせざるをえないわよね……」

深々と、マーキュリーさんがため息をつく。

「え？　何？　どうして納得したんですか？」

「リーフ君、ヘンリエッタさんから説明受けなかったの？」

「いや、難しくて」

「あ、そう……つまりね」

マーキュリーさんが一つ息をついていう。

「君の隠しダンジョンでの活躍が……あまりに、異常すぎるの」

「そうだ。君がやったことは、もう現実離れしすぎて、誰も信じてくれないんだよ。それが事実だとしても」

異常？　現実離れ……？

「何言ってるんです？　僕がやったことなんて、たいしたことないじゃないですか？」

「いや、なに言って……？」

「だってたった一回、世界を救った、その程度のことじゃないですか？」

唖然《あぜん》とする、マーキュリーさんたち。

いやだって、アーサーじーちゃんも、マーリンばーちゃんも、何度も世界の危機を救ってきた。

デッドエンド村の老人たちもみな、幾多の困難を乗り越えてきた。

世界は幾度となく危機を迎え、そのたびに……じーちゃんたちは救ってきた。

ほら、全然たいしたことない。

「「…………」」

ぶるぶる……とマーキュリーさんたちが震えている。

「風邪ですか？　なら、完全回復薬《エリクサー》、飲みます？」

二人とも、額に血管を浮かべる。

そして……。

「「あんたちょっと、おかしすぎるんだよぉ……！！！！！」」

「おかしすぎるって……ああ、じーちゃんたちと比べて、まだまだ弱いってことですね？　わかってます。たった一回世界救った程度じゃ調子に乗りませんよ」

二人は、声をそろえて……心の底から……高々と叫ぶ。

「「強すぎるって意味だよぉおおおおおおおおおおおおおおおおお!!」」

あとがき

初めまして、茨木野《いばらきの》と申します。

この度は、「辺境の薬師《くすし》、都でSランク冒険者となる」（以下、本作）をお手に取ってくださり、ありがとうございます。

本作は、小説家になろうに掲載したものを、改題・改稿したものとなっております。


本作の内容について説明します。

辺境の村で薬師《くすし》として活躍していた主人公のリーフ・ケミスト。ある日婚約者に裏切られたことがきっかけで、村を出て都会へと向かう。そこで実は主人公がめちゃくちゃ強いことが判明するも、彼自身は周りがすごい人たちばかりの村にいたせいで、実力が自覚できないのだった……。


尺が余ったら近況報告。

先日、新型コロナウイルス感染症となりました。今更です。

コロナが流行しだした頃は、全然平気だったのですが……。三月上旬に体調を崩し、病院で検査したところ、コロナ陽性。そこから完治までに丸一週間かかりました。その間、本当に辛かったです。世の中の人たちは、こんな苦しい思いをしていたのか！　と病床にふしながら、コロナの恐ろしさに今更ながら震えておりました……。

今は完治しましたが、正直、もう二度と経験したくないです。しっかり手洗いうがいをしようって強く思いました。

続いて、謝辞を。

イラストレーターの『kakao《カカオ》』様。コミカライズも担当いただいており、大変な中、こちらにも素敵な絵をありがとうございます！　マーキュリーさんがいいですよね！

編集のN様。編集作業、ありがとうございました！

そして、この本を手に取ってくださっている読者の皆様。この本を出せるのは皆様のおかげです。ありがとうございます。

最後に宣伝！　漫画版、マガポケで連載中！　コミックスは2巻まで好評発売中です！

それでは、皆様とまたお会いできる日まで。

二〇二四年三月某日　茨木野

Kラノベブックス

辺境《へんきょう》の薬師《くすし》、都《みやこ》でＳ《エス》ランク冒険者《ぼうけんしゃ》となる
～英雄村《えいゆうむら》の少年《しょうねん》がチート薬《やく》で無自覚無双《むじかくむそう》～

茨木野《いばらきの》

2024年4月30日第1刷発行
2024年8月23日第2刷発行

発行者	森田浩章
発行所	株式会社 講談社 〒112-8001　東京都文京区音羽2-12-21
電　話	出版　(03)5395-3715 販売　(03)5395-3605 業務　(03)5395-3603
デザイン	coil（世古口敦志＆丸山えりさ）
本文データ制作	講談社デジタル製作
印刷所	株式会社ＫＰＳプロダクツ
製本所	株式会社フォーネット社

KODANSHA

ISBN978-4-06-535202-1　N.D.C.913　261p　19cm
定価はカバーに表示してあります

ファンレター、作品のご感想をお待ちしています。

あて先　〒112-8001　東京都文京区音羽2-12-21
（株）講談社　ライトノベル出版部 気付
「茨木野先生」係
「kakao先生」係

Kラノベブックス

味方が弱すぎて補助魔法に徹していた宮廷魔法師、追放されて最強を目指す1～5

著:アルト　イラスト:夕薙

「お前はクビだ、アレク・ユグレット」
それはある日突然、王太子から宮廷魔法師アレクに突き付けられた追放宣告。
そしてアレクはパーティーどころか、宮廷からも追放されてしまう。
そんな彼に声を掛けたのは、４年前を最後に別れを告げたはずの、
魔法学院時代のパーティーメンバーの少女・ヨルハだった。
かくして、かつて伝説とまで謳われたパーティー“終わりなき日々を《ラスティングピリオド》”は復活し。
やがてその名は、世界中に轟く――！